연쇄살인마

잭 더 리퍼 연대기 1

사건파일

♥일러두기

-에드먼드 피어슨의 「잭 더 리퍼」는 『살인의 연구』 후속작인 『More Studies in Murder』에 수록된 「Jack the Ripper」를 번역한 것이다.

-에드윈 보차드의 「31호실 열쇠, "프랑스인" 아미르 벤 알리」는 『Convicting the Innocent: Sixty-Five Actual Errors of Criminal Justice』에 수록된 「The Key to Room 31 , "Frenchy" Ameer Ben Ali」를 번역한 것이다.

♥오탈자, 번역 수정에 관한 제안은 arahanbook@naver.com으로 보내주시면 검토 후 반영하겠습니다.

아라한 호러 서클 001

연쇄살인마 잭 더 리퍼 연대기 1

사건파일

에드먼드 피어슨 외 지음

정진영 엮고 옮김

CONTENT

들어가는 말

1888년 런던 이스트엔드의 화이트채플에서 세상을 떠들썩하게 만든 연쇄살인이 벌어졌다. 이후 연쇄살인범의 시조로 일컬어지며 130년이 지난 현재까지 잡히지 않은 장기 미제 아니 영구 미제 사건의 범죄자, 잭 더 리퍼(Jack the Ripper)......

지금까지 수많은 모방 범죄와 용의자들을 양산해왔고, 그에 따라서 혼란과 논란도 증폭됐다. 이 희대의 살인마는 빈민가의 매춘 여성이라는 사회적 약자들을 범행 대상으로 삼은 비열함 뿐 아니라 희생자의 시신을 훼손하고 장기를 적출하는 등의 엽기적이고 잔혹한 범행수법을 보였다. 더구나 신출귀몰한 행적으로 말미암아 당대 공권력은 조롱거리가 되었고 여론몰이식 무차별적 용의자 검거는 또 다른 사회 문제를

야기했다. 이 책은 잭 더 리퍼로 대변되는, 이 사회의 깊고 어두운 그림자 속에 기생하는 살인자들에 관한 것이다.

이 책 『연쇄살인마 잭 더 리퍼 연대기』는 두 가지 접근 방식으로 잭 더 리퍼를 다룬다.

1권 "사건파일" 편은 당대 범죄학자, 법학자, 언론들의 시선을 따라 잭 더 리퍼의 객관적인 사실에 집중함으로써 기본 자료와 정보를 제공하려고 한다. 20세기로 접어드는 세기말, 미국에서도 영국의 잭 더 리퍼처럼 충격적인 살인 사건이 벌어졌는데 이름하여 리지 보든 사건이다. 아버지와 의붓어머니를 도끼로 무참히 살해한 혐의로 리지라는 젊은 여성이 재판을 받았고, 이는 미국 전역에 거센 파장을 일으켰다. 리지 보든 사건을 조명하여 범죄 분야에서 두각을 나타낸 에드먼드 피어슨이 쓴 「잭 더 리퍼」가 이 책의 출발점이다. 이어서 《더 타임스》, 《런던 타임스》 등의 당대 언론을 통해 보도된 잭 더 리퍼 사건의 추이를 다룬다. 마지막으로 뛰어난 국제법학자였던 에드윈 보차드의 「31호실 열쇠, "프랑스인" 아미르 벤 알리」는 잭 더 리퍼의 검거가 답보 상태에 빠지고 여론에 쫓기던 사법 기관이 무고한 사람들을 어떻게 범인으로 몰고 누명을 씌우는지를 보여줌으로써 이 연쇄살인범이 일으킨 또 다른 사회문제의 단면을 접하게 한다.

2권 "단편집" 편은 1권의 팩트를 바탕으로 잭 더 리퍼가 어떤 문화적 변주를 거쳐 영화, 뮤지컬, 문학 등으로 수용됐

는지 그 일례를 문학에서 찾는다. 즉 잭 더 리퍼에게 받은
영감을 문학적 상상력으로 재생산한 단편 8편을 수록한다.

.

잭 더 리퍼

Jack the Ripper

에드먼드 피어슨
Edmund Pearson

세상에서 제일 유명한 살인자의 이름을 아무도 모른다니, 참 이상한 일이다. 그는 누구인가? 얼마나 많은 사람을 죽였는가? 왜 죽였는가? 그는 어떻게 되었나? 이런 질문에 줄 수 있는 답은 딱 하나다.

모른다.

기괴한 소리로 들릴지 모르나, 살인자의 성별에 대해서도 확실한 증거가 없다. 남성 아니면 여성, 우리는 확신할 수 없다.(당대 유명한 추리작가였던 아서 코난 도일은 잭 더 리퍼를 남장여자로 추리하기도 했음—옮긴이) 기자로 보이는 누군가가 이 살인자의 악명 높은 닉네임을 만들어냈다. 그것이 바로 '잭 더 리퍼'다. 새벽이 오기 전의 칠흑 같은 어둠의 시간, 그는 오갈 데 없는

다섯 명의 여성(다섯 명은 이후 벌어진 모방범죄와 유사범죄의 혼란 때문에 공식 집계라는 고육지책으로 잡은 최소한의 수치다—옮긴이)을 무참히 살해했다. 사람들은 여전히 안개 낀 런던의 어느 가을날과 신문팔이 소년의 외침을 기억하면서 몸서리치고 있다.

"또 다시 무시무시한 살인 사건! 살인! 토막살인! 살인!"

잭 더 리퍼는 변함없이 사람들의 관심을 끌며 끝없이 신문 지면을 수놓고 있다. 찰리 로스(1874년 미국 역사상 최초로 범인이 돈을 요구한 유괴 사건의 희생자. 미국 역사상 가장 유명한 납치 사건 중에 하나인데, 당시 4세였던 찰리의 행방은 끝내 밝혀지지 않았다—옮긴이)의 납치 사건은 언제나 미국 신문의 기삿감이었으나, 리퍼의 명성은 미국을 넘어 국제적인 것이다. 베데킨트(독일의 극작가)는 그를 연극 무대에 올렸다. 소설을 좋아하는 독자들이라면 마리 벨록 론디스의 음울한 작품 『하숙인』을 알 것이다. 홀데인 경 (1860-1936, 영국의 생리학자)은 『하숙인』을 해마다 되풀이해 읽었다는데, 그 이유는 아마도 소설가가 살인자를 사소한 퍼즐이 아니라 엄숙한 주제로 다루면서 작품 전반에 공포 분위기를 조성해 놓았기 때문일 것이다. (히치콕 감독의 영화 원작으로 유명한 론디스의 『하숙인』은 원래 1911년 단편으로 발표됐다가 나중에 장편화하여 출간되었다. 《맥클루어 매거진》에 발표된 단편을 『연쇄살인마 잭 더 리퍼 연대기2: 단편집』에 수록한다—옮긴이)

리퍼에 관한 글이 서로 완전히 일치하지는 않는다. 살인자를 체포하지 못한 런던 경찰은 부당하리만큼 거센 비난을 받았다. 영국은 그런 괴물이 자국에 존재한다는 사실 자체만으로도 큰 충격을 받았고, 런던의 기자들은 애국적인 충동에서 잭 더 리퍼를 외국인으로 몰아가려고 혈안이 되었다.

많은 살인이 자행되었고, 살인자는 오랫동안 범행을 저질렀다. 그리고 그때마다 별의별 설명이 쏟아져 나왔다. 보수적인 작가들은 8월 31일 밤에 메리 앤 니콜스의 살인으로 시작된 다섯 차례의 범죄가 그로부터 9주 후, 메리 지넷 켈리(메리 제인 켈리로 더 많이 알려짐-옮긴이)에 대한 섬뜩한 살육으로 끝났다고 말한다.

희생자들은 매춘부였고, 비천한 사람들이었다. 처음에는 야외에서 살인이 자행되었다. 당시 런던에는 막다른 골목이 많았는데, 남자가 마음만 먹으면 가난한 여자를 그런 곳으로 유인하기는 어렵지 않았다. 그 어둠 속에서 그는 칼로 여자의 목을 자르고 신체를 토막 내는 광기에 빠져들었다. 그런 광기는 살인이 되풀이되면서 도를 넘어섰다.

니콜스의 시체는 도랑 너머에서 발견되었다. 시신은 긴 주머니칼로 난도질당한 상태였는데, 급소만 골라서 공격한 것으로 봐서 "해부학에 상당한 지식을 지닌" 자의 소행으로 보였다. 하지만 신체의 일부가 사라지거나 한 상태는 아니었다.

일주일 후, 니콜스의 시체가 발견된 지역 인근에서 애니 채프먼이 머리가 거의 잘린 채 발견되었다. 현장에서 가까운 곳에 열 명 이상이 있었지만, 그들은 아무 소리도 듣지 못했다. 잭 더 리퍼가 자행한 난도질은 처음에 비해 정도가 심했다. 신문 기사에 따르면, "특정한 장기" 하나가 신체에서 떨어져 나왔다. 살인자는 애니 채프먼의 손가락에 끼어진 두 개의 구리반지, 주머니 속의 동전과 시시한 장신구를 빼내서 시신의 발치에 가지런히 놓아두었다.

다음 희생자는 "키다리 리즈"라고 지역에 잘 알려져 있던 여자였다. 그녀의 본명은 엘리자베스 스트라이드였다. 리퍼는 범행 당시에 빈 뜰로 다가오는 작은 짐마차 때문에 원했던 일을 다 끝내지 못했다. 조랑말이 뜰로 들어서다가 어두운 구석에 있던 잭 더 리퍼를 보았는지 겁을 내면서 뒷걸음질 쳤다. 짐마차에서 뛰어내린 마부가 여자의 잘려진 머리를 집어 들었을 때, 목 부위에서 여전히 피가 쏟아지고 있었다.

방해를 받은 리퍼는 불쾌해졌다. 그래서 한 시간도 채 지나지 않아서 캐서린 에도우스를 한적한 골목으로 유인했다. 이곳에서 그는 느긋하게 범행을 저질렀다. 목을 자른 후, 왼쪽 콩팥과 "또 다른 (난소로 추정되는) 장기"를 시체에서 적출했다. 그러고는 시체의 아래 눈꺼풀을 뽑아낸 뒤, 앞치마를 찢어 거기에 자신의 손과 칼을 닦았다.

마리 지넷 켈리는 유일하게 실내에서 살해당했다. 그녀 또한 젊음과 미모의 소유자였다. 그녀는 밀러스 코트라는 지저분한 곳에서 바넷이라는 남자와 함께 살고 있었다. 바넷 씨는 그녀가 "정직하고 얌전한" 매춘부였다고 시인했다. 그녀는 정직과 정숙함을 버림으로써 그의 인내심을 시험했고, 결국은 그도 "부도덕한 여자"와 그저 잠자리나 하러 집에 들어오는 상황이 되었다. 그래서 청빈한 바넷은 그녀의 죄악을 방관해왔다는 것이다.

켈리가 죽던 날 밤, 그녀는 자기 방에서 "스위트 바이올렛(향기제비꽃)"이라는 노래를 불렀다. 그녀가 정확히 몇 시에 살인자에게 잠자리를 허락했는지는 밝혀지지 않았지만, 범죄 현장이 목격된 것은 다음 날 아침 사람들이 창문으로 그녀의 방안을 들여다보았을 때였다. 런던 경찰국 소속의 멜빌 맥나튼 경은 이튼스쿨을 졸업한 경륜 있는 인물이기에 그가 한 다음과 같은 말이 허튼 소리일리는 없다.

"살인자는 최소 두 시간에 걸쳐 그 끔찍한 범행을 저지른 것으로 보인다. 방안에 난방이 부족했으나 초도 가스도 없었다. 그 미치광이는 철지난 신문과 희생자의 옷가지로 불을 피웠다. 그 희미하고 불규칙한 불빛 속에서 지옥을 방문한 단테마저도 보지 못했을 광경이 벌어졌다."

켈리의 발가벗긴 시신 다시 말해 남겨진 사체의 일부는 침대에 놓여 있었다. 살인자는 그녀의 목을 자른 후 신체를 열어서 적출한 장기들을 방안 여기저기에 흩뿌려 놓았다.
그는 그녀의 코와 귀도 잘라냈다. 하지만 이 사건에서는 범
인이 가져간 희생자의 신체 일부는 없었다. 그래서 해부학
의 견본으로서 신체의 일부를 수집하기 위해 살인을 저지른
다는 지금까지의 추론이 난관에 부딪쳤다.

멜빌 맥나튼 경, 출처: 《배너티 페어》, 레슬리 워드 그림

멜빌 맥나튼의 1894년 비망록의 한 페이지, 여기서 그는 잭 더 리퍼의 용의자로 몬터규 드루이트, 애런 코즈민스키, 미하일 오스트로그 이렇게 3명의 이름을 거론하고 있다.

그는 그녀의 코와 귀도 잘라냈다. 하지만 이 사건에서는 범인이 가져간 희생자의 신체 일부는 없었다. 그래서 해부학의 견본으로서 신체의 일부를 수집하기 위해 살인을 저지른다는 지금까지의 추론이 난관에 부딪쳤다.

리퍼는 언제나 운이 좋게도 경찰의 수사망을 빠져나갔다. 많은 용의자들이 체포되었다. 신문들은 유태계 폴란드인, 미국 선원, 러시아 의사를 비롯해 "영국인이 아닌" 조건에만 맞으면 무차별로 연행된 사람들에 관해 기사를 전했다. "외과적인 지식"이 있거나 "큰 칼을 다수 보유한" 사람들도 예외는 아니었다.

레오너드 매터스 씨는 기자로서 대단한 인내심과 지력으로 사건을 추적하다가 나중에는 "악마 스탠리 박사"를 등장시킨, 소설에 가까운 『잭 더 리퍼의 미스터리』를 썼다. 이 글에 따르면, 악마적인 외과 의사가 부에노스아이레스에서 숨을 거두면서 자신이 잭 더 리퍼라고 고백했다는 것이다.

이 "임종의 고백"은 피터 래빗과 사향쥐 제리(손튼 W. 버제스의 동화에 등장하는 캐릭터-옮긴이)가 동물학에서 큰 성과를 거둔 것처럼 범죄학에 관한 의미 있는 진술들을 담고 있다.

리퍼의 살인 사건이 벌어진 지 4년 후, 토머스 닐 크림 박사가 4명의 여성을 독살했다는 혐의로 런던에서 교수형 당한다. 귀가 솔깃할만한 소문들에 따르면, 그가 교수대에 섰을 때 말을 하기 시작했다. 그때 집행인의 손은 교수대의 작동 레버에 놓여 있었다. 박사가 했다는 말은 이렇다.

"내가 잭 더—"

하지만 이 순간 레버가 당겨졌고 박사의 몸은 교수대 발판 밑으로 떨어졌다.

애석하게도, 헌신적으로 사건의 진실을 쫓아온 사람 중에서 한 명이 크림 박사의 이력을 조사하다가 리퍼의 살인 행각이 벌어지는 시기에 박사가 일리노이 주 교도소에 수감 중이었다는 사실을 밝혀냈다. 크림의 종신형을 감형해준, 현명하고도 인간적인 일리노이 주지사가 아직 그 자비로운 조치를 취하기도 전에 리퍼 사건이 일어난 셈이다. 물론, 주지사의 결정으로 나중에 4명의 희생자가 더 생기고 말았지만 말이다. 결과적으로 크림은 졸리엣 소재 교도소에 수감 중이었으니 그가 아무리 "불길한" 인물이었다고 해도 여자들의 목을 자를 수는 없었다.

그리고 지금 이 시점에서 걸출한 범죄 수사관인 H. L. 애덤 씨가 추측과 가십 이상의 성과를 냈다. 그가 잭 더 리퍼와 그라고 알려진 사람들 사이의 흥미로운 유사점을 공론화한 것이다.

에드워드 왕이 즉위한 직후의 어느 날, 런던 경찰국의 고들리 경감은 런던의 한 여인숙 주인을 체포했다. 자칭 조지 채프먼이라고 하는 이 여인숙 주인은 검고 거친 콧수염을 길렀는데, 그 콧수염에 걸맞은 이력의 소유자였다. 즉, 독살

혐의로 수배를 받아왔던 것이다.

책 더 리퍼로 추정된 용의자 중에 한 명이었던 토머스 닐 크림 박사

고들리 경감과 애벌린 경감은 오랫동안 잭 더 리퍼를 추적해왔다. 표면적으로는 리퍼 사건이 종결된 것으로 보였다. 애벌린은 크게 기뻐하면서 고들리에게 이렇게 말했다.

"자네가 드디어 잭 더 리퍼를 잡았어!"

그들은 곧바로 채프먼이 저지른 여죄들을 밝혀내는데 초점을 모았다. 그런데 채프먼의 본명은 시버린 크로소스키였고, 폴란드 태생이었다. 그는 스물세 살 때 런던으로 들어와 이발사로 일했다. 그리고 같은 폴란드인 여자와 결혼하여 미국으로 건너갔다. 그는 저지 시에서 이발사로 일하려고 했지만, 일 년 만에 런던으로 돌아왔다.

George Chapman.

잭 더 리퍼로 지목된 또 다른 용의자 조지 채프먼

그는 이후 10년 동안 이발사로 또 상인으로 생활하다가 여인숙을 운영하게 되었다. 경찰의 관심을 끄는 부분은 그와 애니 채프먼의 "결혼"이었다.(그래서 이름을 채프먼이라고 한 것으로 보인다.) 뿐만 아니라 그가 결혼한 여자는 샤드라크 스핑크, 베시 테일러, 모드 마쉬가 또 있었다. 리퍼에게 당한 희생자 중에도 애니 채프먼이라는 이름의 여자가 있다. 이들 여성과의 결혼은 그에게 이득을 주었다. 그들이 저축한 돈을 가질 수 있었고, 그들을 여종업원으로 이용할 수 있어서 일거양득이었다. 그들 중에서 적어도 세 명이 독살에 의해 고통스럽게 또 기이하게 죽었다. 결국에는 의사들이 수상한 점을 들추기 시작하면서 채프먼은 마쉬를 살해한 혐의로 재판을 받았다.

그는 "부당하게 고발을 당한 채 오해를 받고 있다"며 불평했다. 그리고 자신은 "훌륭한 가문에서 태어난 미국인 고아"라고 덧붙였지만, 이는 사실이 아니었다. 그렇다면 채프먼과 잭 더 리퍼 사이의 공통점은 무엇일까?

1. 잘 알려진 대로 잭 더 리퍼는 해부학 지식뿐 아니라 상당 수준의 외과적 기술을 겸비하고 있다. 채프먼은 폴란드 병원에서 간호사로 일한 적이 있다.

2. 리퍼 살인 사건은 1888년, 화이트채플 지역에서 시작되었다. 같은 해에 채프먼이 런던에 도착하여 화이트채플에서 거주를 시작했다. 나중에 독살 혐의로 채프먼이 체포될 때까지 당시의 아내는 아직 살아 있었다. 그녀는 리퍼 사건

을 기억하면서 당시에 남편이 새벽 3시나 4시까지 집에 돌아오지 않을 때가 잦았지만, 그 이유는 몰랐다고 말했다.

3. 경찰이 입수한 리퍼의 편지로 보이는 글에 섬뜩한 유머와 함께 친미주의 성향이 담겨있다. 채프먼은 친미주의와 섬뜩한 유머 둘 다에 심취해 있었다. 이 편지에 대한 논평이 있는데, 친미주의(런던 기자들의 의견에 따른)는 "보스 boss"라는 말을 사용했다는 것을 근거로 삼고 있다. 리퍼는 "보스 귀하Dear Boss"라는 말로 편지를 시작했다. 그밖에 "다음에는 여자의 귀를 잘라서 재미 삼아 경찰에 보내겠다."는 문장에서 "재미삼아" 같은 표현도 근거가 되었다. 리퍼는 한 경찰에게 콩팥의 일부를 보내면서 나머지는 튀겨서 먹었다고 썼다.

4. 리퍼의 살인 행각은 런던에서 1891년과 1892년 사이에 중단되었다. 같은 시기에 채프먼은 미국에 있었는데, 저지 시 인근에서 그와 유사한 범죄가 벌어졌다.

5. 리퍼의 인상착의에 관해 믿을만한 묘사는 켈리와 함께 있는 용의자를 봤다는 한 목격자의 증언이 유일하다. 그 목격자에 따르면, 용의자는 서른 넷 혹은 서른다섯 살 가량의 나이, 168센티미터 정도의 키에 피부가 검고 검은 콧수염을 길렀다. 이것은 실제 나이보다 많아 보였던 채프먼의 평소 모습과 상당히 일치한다.

이 중에서 내가 잘못되었다고 생각하는 한 가지는 편지와 거기에 담겨있다는 "미국주의" 부분이다. 런던의 기자들은 미국의 속어를 거론하면서도 그 근거에 정통하지 못했다. 하지만 그 편지를 보낸 사람이 리퍼든 아니든(지금은 리퍼의 편지가 아니라는 쪽에 무게가 실리고 있지만), 분명한 것은 채프먼이 쓴 것도 아니라는 점이다. 편지 한 통이 《데일리 텔레그래프》에 실린 적이 있다. 필체와 철자법, 문법에 이르기까지 기괴한 폴란드인이 실제로 쓴 편지와 비교해 볼 때 그의 수준을 훨씬 뛰어넘는 문장이다.

미국에서 벌어졌다는 리퍼의 살인 사건은 영국 작가에게는 독무대를 제공한 것이나 다름없었다. 나는 무수한 검토 작업 끝에 화이트채플 살인 사건과 유사한 미국 내 사건을 딱 하나 밖에는 찾아내지 못했다.

그것은 한 여성이 살해된 일명 "늙은 셰익스피어" 사건인데, 이는 뉴욕의 해안가 한 호텔에서 1891년 4월에 발생했다. 뉴욕의 신문들은 일제히 이 사건을 기사화하면서 다음과 같은 의문을 달았다. "리퍼가 미국에 도착한 것인가?" 이 사건의 범인으로 "프렌치(프랑스인)"라고 불리던 알제리 인이 유죄 판결을 받았다. 그는 정신 이상 상태로 체포되었으나 10년 후에 석방되어 유럽이나 아프리카 쪽으로 보내졌

다. 채프먼은 당시에 저지 시에 살고 있었다. (일명 "늙은 셰익스
피어" 살해 사건은 이 책의 「"프랑스인"-아미르 벤 알리」에 자세히 수록되어 있다-옮
긴이)

그밖에 채프먼과 리퍼 사이의 유사점에는 이견이 없어 보
인다. 두 인물 사이에서 가장 큰 유사점은 둘 다 은밀하고
도 무자비하게 무고한 여성들을 살해하는데 탐닉했다는 것
이다. 반면에 가장 큰 차이점은 범행의 방식이다. 미쳐 날
뛰는 말레이시아 사람처럼 큰 칼을 들고 화이트채플을 누비
던 괴물이 나중에는 은밀한 독살에 만족했다니, 과연 그럴
까? 대답은 아마 '아니다'일 것이다. 그리고 리퍼와 채프먼
의 이런 차이 때문에 나는 두 인물을 동일인으로 보는 이론
에 공감하지 않는다.

리퍼와 채프먼의 관계를 어떻게 생각하든, 그것은 학구적
인 문제다. 마쉬의 살인으로 충분했고, 채프먼은 법정 최고
형에 처해졌다.

25 Sept. 1888.

Dear Boss

I keep on hearing the police have caught me. but they wont fix me just yet. I have laughed when they look so clever and talk about being on the right track. That joke about Leather apron gave me real fits. I am down on whores and I shant quit ripping them till I do get buckled. Grand work the last job was. I gave the lady no time to squeal. How can they catch me now. I love my work and want to start again. You will soon hear of me with my funny little games. I saved some of the proper red stuff in a ginger beer bottle over the last job to write with but it went thick like glue and I cant use it. Red ink is fit enough I hope ha ha. The next job I do I shall clip the ladys ears off and send to the

수신인이 "보스 귀하"로 적혀서 런던의 《센트럴 뉴스 에이전시Central News Agency》로 전해진 잭 더 리퍼의 일명 "디어 보스" 편지.(1888년 9월 27일)

지옥에서 보낸다는 일명 "프롬헬From Hell" 편지. 이 또한 자칭 잭 더 리퍼라는 인물이 보냈다고 알려졌고, 이 편지를 받은 사람은 1888년 당시 화이트채플 자경단의 단장을 맡고 있던 조지 러스크였다. 러스크에게 우편으로 전달된 작은 상자에는 편지와 함께 사람의 콩팥으로 보이는 장기가 들어 있었다. 편지는 자신이 한 여성의 콩팥을 먹고서 나머지는 러스크를 위해 보내니(콩팥을 잘라낸 칼은 나중에 또 보낼 터이니) 자신을 잡아보라고 조소하고 있다.

프롬헬 편지를 받은 자경단의 조지 러스크

해부학 조교수를 거쳐 병리학 박물관의 큐레이터로 있던 토머스 호록스 오픈쇼Thomas Horrocks Openshaw 박사(1902년).

오픈쇼는 이 콩팥을 조사한 뒤 사람의 장기 즉 왼쪽 신장이라는 견해를 밝혔다. 사람의 적출된 장기 일부가 편지와 함께 전달됐다는 이 소식은 물론 엄청난 반향을 일으켰다. 게다가 해당 장기에서 브라이트 병(신장염)이 발견됐다는 보도는 피살자 중에 한 명인 캐서린 에도우스의 신장이 적출됐고 그녀가 폭음 습관이 있었다는 사실과 맞물리면서 거센 논란에 불을 지폈다. 이것이 조작극인가 사실인가를 놓고 증폭된 논란과 파장은 한동안 세간을 뜨겁게 달구었다. 한편 콩팥이 사람의 장기라고 주장한 오픈쇼 박사는 자칭 잭 더 리퍼의 또 다른 편지를 받는 장본인이 되기도 했다. 일명 "오픈쇼 편지"에는 박사가 사람의 콩팥인 걸 제대로 알아냈으니 또 다른 장기를 조만간 보내겠다는 내용을 담고 있다. 물론 잭 더 리퍼라고 보내는 편지들은 무수히 많았고 그중에서 언론에 의해 신빙성이 있다고 판단되어 거론된 편지는 위에서 소개한 몇몇 사례에 불과하다.

오픈쇼 편지가 들어있던 봉투

Old boss you was rite it was
the left kidny i was goin to
hopperate agin close to your
ospitle just as i was goin
to dror mi nife along of
er bloomin throte them
cusses of coppers spoilt
the game but i guess i wil
be on the job soon and will
send you another bit of
innerds   jack the ripper

O have you seen the devle
with his mikerscope and scalpul
a lookin at a kidney
with a slide cocked up

오픈쇼 편지

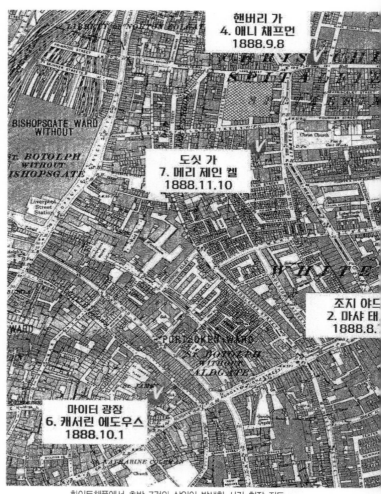

화이트채플에서 초반 7건의 살인이 발생한 사건 현장 지도

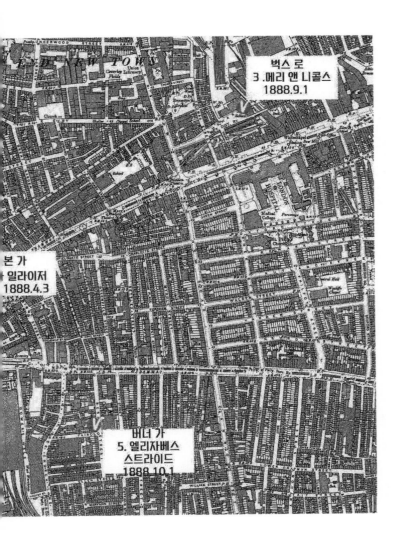

벅스 로
3 . 메리 앤 니콜스
1888.9.1

본 가
일라이저
1888.4.3

버너 가
5. 엘리자베스
스트라이드
1888.10.1

언론 보도로 본 사건의 추이

사건의 전개:
첫 번째 살인부터 네 번째 살인

토요일 아침 런던 병원, 윈 백스터 씨는 화이트채플 오스
본 가 인근에서 화요일 이른 시간에 잔인무도하게 살해된
엠마 일라이저 스미스의 불행한 죽음에 관해 탐문 수사를
벌였다.

스피탈필즈(런던 이스트 엔드 지역)의 조지 가에 자리한 간이 숙박소의 관리인 메리 러셀은 피해 여성이 지난 18개월 동안 해당 업소에서 지내왔는데 월요일 저녁에 평소의 건강한 모습으로 그곳을 나갔다가 이튿날 오전 4시에서 5시 사이에 참혹한 중상을 입은 채 돌아왔다고 진술했다.

스피탈필즈 마켓의 모습 1890년

피해 여성이 이 목격자에게 한 말에 다르면, 그녀는 어떤 남성들에게 무서울 정도로 학대를 당한 후 돈을 강탈당했다는 것이다. 그녀의 얼굴은 피투성이였고 귀는 찢어진 상태였다. 목격자가 곧장 그녀를 런던 병원으로 데려가는 과정에서 오스본 가의 코코아 공장 근처를 지났는데, 그녀가 범죄 현장을 가리켜 보였다고 한다.

자세한 말을 꺼리는 것 같았던 스미스는 목격자에게 그 남자들의 인상착의는 물론 사건의 자세한 얘기는 하지 않았다.

화요일 오전 피해여성을 담당한 G. H. 힐리어는 실려 온 그녀의 부상 정도가 매우 심각했다고 말했다. 오른쪽 귀의 일부가 찢어졌고, 복막을 비롯한 내부 장기들이 파열된 상태였는데, 둔기 류에 의한 폭행이 원인으로 보인다고 했다.

피해 여성이 담당의에게 한 진술에 따르면, 화요일 오전 1시 30분경에 그녀는 화이트채플 교회 근처에서 수 명의 남자들을 피해 길을 건넜다고 한다. 그녀를 계속 따라오던 남자들은 결국 그녀를 공격하여 수중의 돈을 모두 빼앗고 폭력을 가했다. 두세 명으로 추정되는 범인 중에 19세가량의 앳된 남자도 있었다.

피해 여성은 수요일 오전 9시경에 복막염으로 사망했다.

검시 배심에서 검시관과 배심원의 질문에 답하던 담당의는 피해 여성이 입은 상처들이 죽음을 가져왔다는 것은 의심의 여지가 없다고 말했다. 그의 진술에 따르면, 다른 장기들은 대체적으로 정상적인 상태였다.

피해 여성은 사망하기에 앞서 자신이 영국 출신인 건 맞지만 친구나 지인을 만나지 않은지 10년이 됐다고 진술한 것으로 알려졌다.

화이트채플 첫 번째 피해자, 엠마 엘리자베스 스미스

목격자인 또 다른 여성은 화요일 오전 12시 15분경에 버데트 로드 근처에서 스미스가 한 남자 그러니까 검은 색 계통의 옷을 입고 흰색 목도리를 한 남자와 얘기하는 모습을 봤다고 진술했다. 그녀 또한 스미스를 보기 이삼 분 전부터 폭행을 당한 상황이라 그날 밤 폭력의 현장이 되어버린 그 일대에서 도망치고 있었다. 두 남자가 그녀에게 다가왔는데, 그 중 한명이 몇 시냐고 물었고 다른 한 명은 그녀의 입을

후려갈겼다. 그러고는 둘 다 도망쳤다. 그녀는 자신을 폭행한 남자 중에 스미스와 얘기를 나누던 남자는 없었던 것 같다고 진술했다.

H 지구대의 존 웨스트 경감은 이 사건에 대해 공식 정보를 가지고 있지 않다고 말했다. 그는 당시 화이트채플 일대에서 근무 중이던 경관들을 상대로 알아본 결과, 어떤 경관도 목격자들이 진술한 소란을 보거나 듣지 못했으며 누군가의 부축을 받아서 병원으로 가는 사람도 보지 못했다고 말했다. 그는 검시 배심에 출석하여 오스본 거리에서 무슨 일이 벌어졌는지 조사할 예정이다.

검시관은 배심원을 상대로 사건 요지를 진술하는 과정에서 의학적인 증거로 볼 때 그 불운한 여성이 살해된 것이 분명하지만 그 범인이 누구인지 알려주는 증거는 없다고 말했다.

배심원들은 간단한 평의를 거친 후 신원미상의 사람 또는 사람들에 의한 "계획 살인"이라는 평결을 내렸다.

두 번째 살인

희생자: 마사 태브램
장소: 조지 야드 건물
사건발생일: 1888. 8. 7
출처: 《더 타임스》 1888. 8. 10

8월 10일. 어제 오후 미들섹스 남동부 지구대 소속의 조지 콜리어 부검시관은 지난 화요일 화이트채플 조지 야드 빌딩에서 39군데 자상을 입고 숨진 채 발견된 한 여성 피살자의 검시 배심을 진행했다.

티모시 로버트 킬린 박사가 사건 현장에 도착했을 때 피해자는 이미 사망한 상태였다. 피해자는 온몸에 39군데 자상을 입었다. 발견 시점에서 3시간 전에 사망한 것으로 보였다. 왼쪽 폐에 5군데, 오른쪽 폐에 2군데 관통상이 있었다. 지방이 다소 많았던 심장은 1군데 관통상의 흔적이 남아 있었다. 간은 건강한 상태였으나 5군데 찔렸고, 비장은 2군데 위는—더없이 건강했으나—6군데 찔린 상태였다. 증인으로 출석한 킬린 박사는 그 자상이 전부 동일한 흉기에 의해 생긴 것으로 보진 않는다고 진술했다.

이는 상상을 초월하는 가장 끔찍한 살인 사건에 속했다. 무방비 상태의 여성에게 이처럼 여러 차례에 걸쳐 중상을 입힌 것을 보면 범인은 극히 잔인무도한 자가 틀림없다.

1888년 8월 7일 마사 태브램의 시신이 발견된 조지 야드

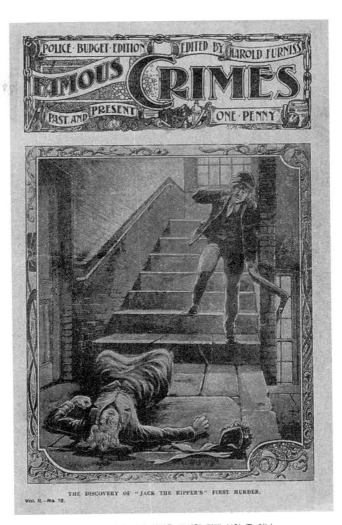

POLICE · BUDGET · EDITION — EDITED BY HAROLD FURNISS

FAMOUS CRIMES

PAST AND PRESENT — ONE · PENNY

Vol. II. – No. 15.

THE DISCOVERY OF "JACK THE RIPPER'S" FIRST MURDER.

마사 태브램의 시신 발견을 묘사한 당대 삽화 중 하나

조지 야드에서 마사 태브램의 시신 발견 과정을 스케치한 신문 《일러스트레이티드 폴리스 뉴스》 1888년 8월 18일자

세 번째 살인
생자: 메리 앤 니콜스
사건발생일: 1888. 8. 31
사건발생장소: 벅스 로
출처: 《더 타임스》 1888. 9. 1

어제 새벽 화이트채플 인근에서 또 다시 무참한 살인 사건이 벌어졌다 그러나 누가 어떤 동기로 범행을 저질렀는지는 오리무중이다. 닐 경관이 벅스 로의 보도에 누워 있는

한 여성을 발견한 것은 오전 3시 45분, 그는 여성을 취객으로 판단하고 일으켜 세우고자 몸을 굽혔다. 그런데 여성의 목이 거의 귀에서 귀까지 잘려져 있었다. 여성은 사망했으나 아직 시신에 온기가 남아 있었다.

닐 경관은 곧 도와줄 사람을 발견하여 의사를 불러 달라고 부탁했다. 사건현장에서 채 100미터도 떨어지지 않은 거리에서 외과 의원을 개원 중이던 르웰린 박사가 다급한 호출에 잠자리에서 일어나 곧바로 현장으로 달려왔다. 그가 재빨리 시신을 검안한 결과, 목의 자상 외에도 복부에 심각한 자상들이 나 있었다.

경찰은 "불운한" 매춘 여성들을 상대로 금품을 갈취하는 인근 폭력배들이 돈을 구해오지 못한 피해자들에게 보복을 일삼는 과정에서 생긴 사건이라고만 추정할 뿐 다른 가능성은 고려하지 않고 있다. 경찰은 폭력배 소행으로 보는 근거로 지난 12개월 동안 인근 지역에서 거의 동일한 방식으로 이른 새벽 시간대에 살해된 여성이 두 명 더 있다는-최근 사건은 지난 8월 6일에 발생한-사실을 들고 있다.

메리 앤 니콜스가 살해된 현장, 벅스 로

메리 앤 니콜스의 시신이 발견된 벅스 로의 출입구 쪽 모습

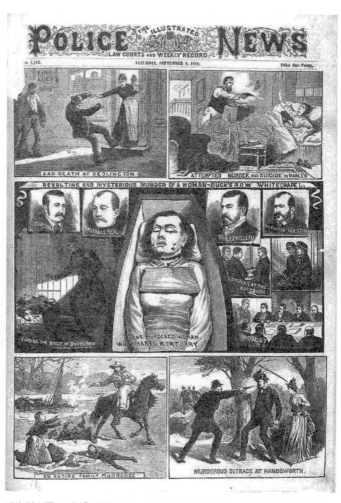

메리 앤 니콜스 사건을 다루고 있는 《일러스트레이티드 폴리스 뉴스 》(1888년 9월 8일자)

메리 앤 니콜스의 사망 증명서

네 번째 살인

희생자: 애니 채프먼

사건발생일: 1888. 9. 8

사건장소: 핸버리 가

출처: 《더 타임스》 1888. 9. 10희생자: 마사 태브램

토요일 새벽, 지난 금요일에 벅스 로에서 있었던 메리 앤 니콜스 사건과 유사한 방식으로 살해된 여성의 시신 한구가 발견됨으로써 화이트채플은 물론 런던의 이스트 엔드 전역이 다시 들끓고 있다. 사실 이 두 사건의 유사성은 놀라울 정도인데, 이번 희생자의 머리는 몸통에서 거의 잘려나가고

내장이 완전히 적출된 상태다. 그럼에도 이번 범죄는 그 잔인함에서 지금까지의 다른 범죄를 능가한다.

이 네 번째 범죄 현장 또한 지난 몇 주 동안 벌어진 살인 사건과 같은 지역에 있다. 즉 스피탈필즈, 핸버리 가 29번지 공동주택 뒤쪽이다. 핸버리 가는 커머셜 가에서 베이커스 로까지 뻗어있고, 벅스 로에서 가까운 곳에서 끝난다. 이 공동주택의 소유주인 에밀리아 리처드슨 부인은 각양각색의-반면에 모두가 빈곤층인-세입자에게 건물을 임대하고 있다. 그 결과 건물 입구는 밤낮으로 24시간 열려 있어서 누구든 건물 뒤쪽으로 가는데 어려움이 없다.

잭 더 리퍼의 희생자 애니 채프먼(1869년도 사진)

애니 채프먼과 조 채프먼의 결혼사진(1869년 5월 1일)

29번지 공동주택 꼭대기 층에서 아내와 함께 살고 있는 존 데이비스는 토요일 오전 6시 직전에 건물 뒷마당으로 내려갔다가 그곳에서 섬뜩한 장면을 목격했다 벽 가까이에 한 여성이 머리를 벽에 댄 채 누워 있었다. 데이비스는 여성의 목이 처참하게 잘려 있는 것과 입에 담기 힘들 정도로 충격적인 여러 상처들을 보았다. 피살자는 땅에 등을 대고 똑바로 누워 있는 상태였고, 옷가지는 헝클어져 있었다.

핸버리 가 29번지 뒷마당과 출입구 사이의 통로

핸버리 가 29번지 건물. 애니 채프먼과 살인자가 들어간 건물 출입문이 보인다.

핸버리 가 29번지 마당으로 들어가는 입구. 채프먼의 시신은 몸은 울타리와 나란히 머리는 뒤 계단 닿을 듯한 자세로 발견되었다.

데이비스는 시체에 더 가까이 가지 않고 일단 자신의 아내에게 알린 뒤에 커머셜 가 경찰서로 달려갔다. 그의 신고를 받은 사람은 당시 경찰서 책임자였던 챈들러 경감이었다. 챈들러 경감은 경관 한 명에게 필립스 박사를 데려오라고 지시한 뒤 5~6명의 다른 경찰들과 함께 사건 현장으로 향했다.

시신은 똑같은 자세로 있었고, 주변에는 커다란 핏덩어리들이 널려 있었다. 살인자는 자신이 피해자의 머리를 완전히 잘라냈다고 생각하고 손수건으로 목을 싸매서 머리와 몸통이 분리되지 않게 유지하려고 한 것이 분명했다. 벽에도 핏방울과 피 얼룩이 남아 있었다. 피살자의 왼손 중지에서 한 개 또는 그 이상의 반지를 빼낸 것 같았다. 마당을 샅샅이 수색한 결과 피 묻은 편지봉투의 일부분이 발견되었다. 편지봉투에는 서식스 부대의 봉인 인장과 "런던, 8월 20일"이라는 날짜가 찍혀 있었으나, 주소는 "엠(M)"이라는 한 글자 외에는 모두 찢겨 나가 있었다. 그밖에 알약 2개가 발견되었다.

경찰은 이 지역에서 이미 세 여성을 살해한 동일 범죄자가 이번 네 번째 살인까지 저질렀고, 단독범행 즉 범인은 1명으로 추정하고 있다. 각 사건에서 보이는 극도의 잔인성으로 미루어 범인은 중증 정신이상자일 확률이 크다. 게다가 범인을 조속히 검거하지 않는다면 유사 범죄의 또 다른 희생자가 나올 우려도 크다.

메리 앤 니콜스의 검시 배심(1888년 9월 4일~24일)

윌리엄 니콜스의 증언

기계공인 니콜스는 피살자의 남편이었다고 진술했다. 두 사람은 헤어진 지 8년이 넘었다고 했다. 그가 피살자를 마지막으로 본 것은 3년여 전이고, 그 이후로는 그녀가 어떻게 지내왔는지 또 누구와 살았는지 모른다고 진술했다. 두 사람은 만나고 헤어지기를 몇 차례 반복했는데, 매번 그녀가 술에 의존하는 결과를 가져왔고 그것이 니콜스로 하여금 그녀와 완전히 결별하게 만든 결정적인 이유였다.

검시관의 진술

검시관은 자신이 담당한 사건의 사실 진술 과정에서 피해자의 신원이 그녀의 아버지와 남편에 의해 밝혀졌다고 말했다. 성명은 메리 앤 니콜스, 다섯 자녀를 둔 42세가량의 기혼여성이다. 피해자는 대체로 인근의 간이숙박소에 거주하면서 폭음에 의지하는 등 불규칙하고 문란한 생활을 해온 것이 확실시 된다.

8월 31일 금요일 밤, 피해자를 잘 알고 있는 홀랜드 부인이 교회의 거의 반대편인 오스본 가와 화이트채플 로드의 모퉁이에서 그녀를 목격했다. 피해자는 당시 인사불성으로 취해서 벽에 기대 비틀거렸다. 친분이 있는 홀랜드 부인이 그녀를 집까지 데려다주겠다고 달랬으나 그녀는 거절하더니 계속 비틀거리면서 화이트채플 동쪽으로 가려고 했다. 그것이 홀랜드 부인이 그녀를 마지막으로 본 모습이었다.

그녀는 홀랜드 부인에게 그날 숙박비의 세 배에 해당하는 돈을 가지고 있다가 그만 다 써버렸다고 말한 것으로 알려졌다. 그러고는 숙박비 낼 돈을 벌어서 곧 돌아오겠다고 했다. 그로부터 1시간 15분이 채 지나지 않아서 그녀는 1.2킬로미터 정도 떨어진 지점에서 숨진 채 발견되었다.

잭 더 리퍼에게 두 여성이 살해당한 현장과 가까운 화이트채플의 한 간이숙박소 앞에 여자와 아이들이 모여 있다. 1890년경 촬영된 사진으로 보임.

피해자의 상태는 범행 장소와 시신 발견 장소가 동일하다는 것을 증명하는 것으로 보인다. 시신의 목이 놓여있는 지점을 제외하면 어디서도 혈흔이 발견되지 않았다. 이것은 검시관이 볼 때 피해여성이 땅바닥에 쓰러져 있는 동안 목에 공격을 받았다고 추정하기에 충분한 근거였다. 한편 피해자의 옷가지가 헝클어져 있고 다리 주변에 혈흔이 없는 것으로 봐서 복부의 자상도 피해자가 같은 자세로 쓰러져 있는 동안 생긴 것으로 추정된다.

피해자의 시신이 발견된 곳에서 살해당했다면, 피해자는 비명이나 큰 소리를 지르지 않고 죽음을 맞은 셈이다. 그곳은 잠귀가 밝다는 그린 부인의 집 창문 바로 아래쪽이다. 또한 당시에 깨어 있었던 퍼키스 부인의 침실 바로 맞은편이기도 하다. 다시 말해 아주 가까운 거리, 여러 지점에서 지켜보는 눈들이 있었다. 그런데 아무런 소리도 들려오지 않았다.

어떤 저항흔도 없었다. 피해자가 만취한 상태였거나 아니면 폭행에 의해 기절한 상태였을 것이다. 처음에는 자신의 몸에도 혈흔이 묻었을 범인이 용케 사람들의 눈을 피해 도주했다는 것이 퍽 놀라웠다. 그런데 피가 주로 손에만 묻었다면, 인근 지역에 도살장이 많아서 옷과 손에 피를 묻힌 사람들의 모습이 심심찮게 보이는 특성상 범인은 어스름을 틈타 벅스 로에서 화이트채플 도로로 향한 뒤 아침 시장의 인파 속으로 모습을 감추기까지 별다른 시선을 끌지 않았을 것이다.

범인은 아마 검시 배심원들이 이번 사건과 기존 사건들의 유사점을 쉽게 간파하리는 건 짐작할 터다. 또한 네 사건이 전부 5개월 내에 그것도 검시 배심 장소로부터 아주 가까운 반경 안에서 벌어졌다는 것을 모르는 사람이 없으니 범인도 그 점을 충분히 계산하고 있을 터다.

네 명의 희생자들은 모두 중년 여성이다. 모두 과도한 음주벽 때문에 남편과 떨어져 생활하는 기혼여성들이었고, 사망 당시에 간이숙박소에 거주하면서 불규칙하고 불안정하며 곤궁한 삶을 살아가고 있었다. 네 사건 모두 피살자들의 복부를 비롯해 신체 여러 부위에 자상이 있었다. 피해자들이 자정 이후의 시간에 공격을 받았고, 범인이 사람들의 시선을 피해 도주하기 불가능해 보이는 유흥가 인근을 범행 장소로 택한 점도 각 사건의 공통분모다. 네 건의 살인 범죄를 저지른 잔인무도하고 비열한 범인(혹은 범인들)은 붙잡히지 않고 사회에서 여전히 활개를 치고 있다

부활절 주간이었던 4월 3일 화요일 새벽에 오스본 가에서 공격을 받은 엠마 엘리자베스 스미스는 런던 병원에서 24시간 이상 생존했고 그 동안 몇 명의 남자들에게 쫓겼다는 진술 외에도 불완전하게나마 그 중 한 명의 인상착의까지 묘사했다. 마사 태브램은 8월 7일 화요일 오전 3시에 그레고리 야드 건물의 일층 계단참에서 39군데의 자상을 입고 숨진 채 발견되었다.

런던의 한 값싼 간이숙박소의 모습. 휴버트 폰 헤르코머(Sir Hubert von Herkomer, 1872년) 작

부활절 주간이었던 4월 3일 화요일 새벽에 오스본 가에서 공격을 받은 엠마 엘리자베스 스미스는 런던 병원에서 24시간 이상 생존했고 그 동안 몇 명의 남자들에게 쫓겼다는 진술 외에도 불완전하게나마 그 중 한 명의 인상착의까지 묘사했다. 마사 태브램은 8월 7일 화요일 오전 3시에 그레고리 야드 건물의 일층 계단참에서 39군데의 자상을 입고 숨진 채 발견되었다.

이밖에도 또 다른 검시 배심에서 다루고 있는 애니 채프먼 사건도 있다. 초기 두 사건에서 사용된 흉기는 같은 것이 아니다. 첫 번째 사건에는 지팡이 같은 둔기가 사용된 반면, 두 번째 사건은 단도에 의한 자상이다. 그런데 최근 두 사건에서 사용된 흉기는 의학 전문가들의 의견에 따르면 크게 다르지 않다.

르웰린 박사는 니콜스의 자상들이 매우 날카로운 칼 이를테면 칼날이 가늘고 좁은 형태로 길이는 15~20센티미터 혹은 그 이상인 칼에 의해 생긴 것이라고 말했다. 이 두 사건에서 피해자들의 상처가 매우 유사했다. 두 피해자 모두 얼굴 주변에 멍이 있었고, 머리는 몸통에서 거의 잘려진 상태였다. 또한 이들 상처가 해부학적인 지식을 가진 자의 소행이라는 점도 유사하다.

르웰린 박사는 복부를 먼저 공격당했고 그것이 즉사의 원인이라고 보는 것 같다. 그러나 그의 말이 맞는다면, 목에 그토록 난폭한 공격을 가한 목적이나 동맥이 절단됐음에도 불구하고 상의의 겉옷이 거의 젖지 않을 정도로 출혈이 적은 이유 그리고 두 다리의 출혈이 적은 이유 나아가 목보다도 복부의 출혈이 훨씬 적은 이유를 설명하기 어렵다. 그렇다면 채프먼 사건에서처럼 치명상은 목에 먼저 가해졌고 복부 공격은 나중에 이루어졌다는 쪽이 더 일리가 있다. 이것은 극악한 만행을 저지른 동기 부분을 따질 때 중요한 사안이다.

강도 행각은 의심의 여지가 없는 반면 치정에 대한 암시는 전혀 없었다. 다툼의 흔적도 그런 소리도 없었다. 채프먼의 시신에서 복부의 일부 내장이 적출된 것은 그것이 그녀를 죽인 목적임을 암시하는 것으로 볼 수 있다. 내장의 적출을 검시 배심 중인 이 살인 사건의 동기로 볼 수 있지 않을까?

검시관은 배심원들에게 두 여성이 동일 목적을 가진 동일인에 의해 살해됐을 가능성을 제시했다. 검시관은 계속된 진술을 통하여 니콜스 사건에서 비열한 범인은 자신의 목적을 달성하기 전에 방해를 받았고, 탁 트인 거리에서 실패했기 때문에 그로부터 일주일이 채 지나지 않은 시점에서 이번에는 좀 더 외떨어진 장소를 선택했다고 말했다. 만약 그의 의견이 사실이라면, 범인의 잔인무도함과 뻔뻔함은 극단적인 광신주의와 증오에 찬 악의를 뛰어넘는다. 그러나 이런 추정은 맞을 수도 있고 틀릴 수도 있다.

애니 채프먼의 검시 배심(1888년 9월 11일~27일)

검시관의 진술

사망자는 47세의 과부로 이름은 애니 채프먼이다. 그녀의 남편은 윈저에 사는 마부였다. 그는 죽기 삼사년 전부터 아내인 애니 채프먼과 별거했으며 1866년 크리스마스에 죽기 직전까지 그녀에게 매주 10실링을 보내주었다. 한동안 문란한 생활을 지속하던 애니 채프먼은 생계유지가 어려워지면서 생활 습관과 환경이 더욱 악화되었다.

그녀는 주로 스피탈필즈 인근의 간이숙박소에서 가축처럼 많은 하층민과 섞여 생활했다. 그녀는 제대로 먹지 못하는 행색으로 상당히 궁핍한 모습을 보이곤 했다. 이번 사건으로 드러난 열악한 숙박시설의 삶을 일견하는 것만으로도 배심원들은 19세기 문명이 얼마나 장족의 발전을 했는지 자부심을 느낄 자잘한 이유들을 많이 찾아냈을 것이다.

그러나 동시에 매주 검시 배심이 열리고 있는 지역의 5000개 숙박침대를 차지한 사람들의 비참하고 부도덕하며 유해한 생활상에 대해 또 기아나 반(半)기아 상태라는 슬픈 이야기에 대해 듣기 위하여 계속 모여야 하는 배심원들로서는 스피탈필즈에 있는 간이숙박소의 삶이 무엇을 의미하는지 구태여 상기할 필요가 없을 정도다.

사망자의 관자놀이와 가슴 정면에 상대적으로 오래된 멍들이 생긴 것도 바로 이런 숙박시설 중의 한곳에서 그녀가 죽기 일주일 전에 있었던 사소한 다툼 때문이다. 그녀가 난자당한 시신으로 발견되기 불과 두세 시간 전에 누군가의 눈에 띈 곳도 바로 이 숙박업소 중 한 군데였다. 9월 7일 금요일 오후와 저녁, 그녀는 도싯 가 35번지에 있는 숙박소에서 시간을 보내기도 했고 수중에 돈이 생기기 무섭게 찾아가는 링어스라는 술집에서 보내기도 했다.

그러다 토요일 오전 1시에서 2시 사이에 숙박비를 요구받고서 돈이 없음을 시인한 그녀는 돈을 벌기 위하여 다시 거리로 나가야 했다. 그때가 오전 1시 45분이었다. 그녀의 왼손 네 번째 손가락(약손가락)에는 두세 개의 반지가 끼어져 있었는데, 누가 봐도 재질과 가치를 한눈에 알아볼 수 있는 싸구려 비금속이었다. 그로부터 4시간 정도 모습을 감추었던 그녀가 다시 나타난 것은 오전 5시 30분경이었다. 그때 롱 부인은 핸버리 가에서 스피탈필즈 시장으로 가고 있었다.

엘리자베스 롱의 증언

롱 부인은 9월 8일 토요일 새벽에 집을 나서서 스피탈필즈 시장에 가려고 핸버리 가를 지나고 있었다. 그때가 오전 5시 30분경이었다. 그녀가 시간을 확신하는 이유는 핸버리 가 29번지를 지나갈 때 막 양조장의 시계가 그 시간을 알렸기 때문이다. 그녀는 보도에서 한 남자와 한 여자가 이야기를 나누고 있는 모습을 목격했다. 남자는 브릭 레인 쪽을 등지고 있었고 여자는 스피탈필즈 시장 쪽을 등지고 있었다. 그들은 29번지 건물 덧문에서 아주 가까운 곳에서 이야기를 하고 있었다.

롱 부인은 그 여성의 얼굴을 봤다. 그리고 나중에 다시 시체안치소에서 본 얼굴이 바로 그 여성이었다고 분명히 말했다. 부인은 남자의 피부가 검다는 것 외에 얼굴은 보지 못했다. 그는 갈색 사냥 모자를 쓰고 있었던 반면, 옷의 경우에는 검은 계통의 외투를 입은 것 같지만 확실하진 않다고 했다. 남자의 나이를 정확히 말하기 어렵지만 40세는 넘은 것 같았고 키는 사망자보다 약간 큰 정도였다. 외국인 같았고 초라하면서도 점잔을 빼는 것처럼 보였다.

목격자는 당시 크게 오가는 소리를 들었는데, 남자가 사망한 여성에게 이렇게 말했다. "정말이지?" 그러자 여자가 대답했다. "응." 목격자가 지나가는 동안 그들은 계속 그 자리에 서 있었고, 목격자는 뒤를 돌아보지 않고 그대로 시장으로 향했다.

사망자가 당시 자신의 상황을 전혀 인지하지 못했다고 볼 어떠한 증거도 정황도 없다. 그녀가 하루 전인 금요일 오후 5시에 도버 가에서 만난 친구들의 눈에는 말짱해 보이긴 했으나, 그 이후에 계속 술을 마셨기 때문에 어느 정도 취한 상태였다는 것은 사실이다. 2시 직전에 그녀가 숙박소를 떠났을 때 숙박소의 야경꾼은 그녀가 몹시 취해 있었으나 인사불성은 아니었다고 말했다. 다시 말해 취기는 역력했으나 똑바로 걸을 수 있었고, 아마 맥주만 마셔서 화주(火酒)를 마셨을 때보다는 빨리 깬 것 같다고 덧붙였다. 검시 결과에서도 위에 음식물이 남아 있는 반면 액체의 흔적이나 독주를 마신 증거는 없었다.

동행한 사람은 다른 목적을 품고 있었겠지만 아무튼 희생자는 자신의 몸을 충분히 가눌 수 있는 상황에서 그 공동주택으로 들어갔다. 마당의 상태가 알려주고 의학 조사가 밝혀낸 증거에 따르면, 두 사람은 공동주택 안으로 들어간 후 맞은편 반회전문을 열고 마당으로 연결된 계단 세 개를 내려갔다.

범인은 배신자처럼 슬그머니 접근하여 희생자를 제압했을 것이다. 그는 희생자의 턱을 잡고서 목을 누름으로써 끽 소리도 못하게 만든 동시에 질식시켰다. 저항이나 다툰 흔적은 없었다. 옷은 찢겨져 있지 않았다. 이 준비단계에서조차 범인은 자신의 극악한 범죄를 어떻게 하면 효과적으로 달성할 것인지 알고 있었다. 그는 희생자를 땅바닥에 쓰러뜨리고 똑바로 눕혔다. 이 과정에서 희생자가 담장에 살짝 부딪치긴 했지만 범인은 상당히 조심스럽게 희생자를 제압해 나갔다. 곧 야만적이고 단호한 손길에 의해 목의 두 군데가 잘려나갔고 다음엔 복부에 공격이 가해지기 시작했다.

모든 과정이 냉정한 무감각과 무모한 대담함으로 이루어졌다. 그러나 가장 눈에 띈 부분은 희생자의 주머니를 뒤져서 그 내용물을 기계적인 정밀함으로 그녀의 발치에 가지런히 배열해 놓은 것이다. 벅스 로 사건에서처럼 이번에도 비명 한번 없이 살인이 끝났다. 사건 현장을 에워싼 건물의 거주자들 누구도 수상한 소리를 듣지 못했다.

잔인한 살인자는 자신의 무시무시한 범죄를 감추는 수고마저 마다하고 그냥 누구든 먼저 마당으로 오는 사람이 발견하게끔 시신을 적나라하게 방치했다. 조금의 수고를 감당하면서 반지들을 빼내긴 했지만 그는 결국 방해를 받았거나 아니면 성큼 다가온 새벽빛에 불현 듯 발각될지 모른다는 두려움을 느끼고 갑자기 도주했을 터다.

사라진 것은 두 가지다. 희생자의 손가락에서 빼낸 반지들 그리고 복부에서 적출한 자궁. 시신은 해부되지 않았지만 자상들을 보면 상당한 해부학적 기술과 지식을 지닌 자의 소행이다. 불필요하게 절개된 곳은 없었다. 장기를 가져간 사람은 그것이 신체의 어느 위치에 있는지, 적출 과정의 난이도는 어느 정도인지 또 장기를 훼손하지 않으려면 어떻게 칼을 사용해야 하는지 정확히 아는 자다. 서툰 사람은 장기가 어느 위치에 있는지 그것을 찾아내고도 실제 그 장기인지 여부를 알지 못한다. 이를테면 단순한 도축업자들은 이런 식으로 장기를 적출해낼 수 없다. 해부학실에 익숙한 자의 소행이 틀림없다.

결론적으로 범인에게 복부 장기를 가지려는 욕구가 매우 강했던 것으로 보인다. 강도질이 목적이었다면 장기 적출은 무의미하다. 희생자는 이미 목의 출혈로 사망한 상태였으니까 말이다. 게다가 시시한 놋쇠 반지들을 훔치고 해부에 능숙한 사람이 최소 15분 이상 걸리는 적출 끝에 장기를 가져간 것으로 볼 때 적출한 장기가 범행의 진짜 목적이고 반지들은 진의를 숨기려는 얄팍한 위장술에 불과하다는 추리로 이어진다. 사라진 장기의 양은 커다란 커피 잔 크기에 들어갈 정도의 부피로, 정밀한 의학 조사가 없었더라면 장기가 사라졌는지조차 몰랐을 상황이다.

살인자의 목적이 복부의 장기를 가져가는 것이었다니 선뜻 믿기지 않을 법 하다. 검시 배심원들로선 이런 사소한 목적 때문에 사람의 목숨을 앗아갔다고 결론을 내리기엔 너무 참담하겠지만 실상 대부분의 살인 동기는 그 범죄의 중대함에 반드시 비례하진 않는다.

범인이 병적인 감성을 지닌 정신병자라는 설이 계속 제기되어 왔다. 그럴 수도 있고 아닐 수도 있으나 살인자의 목적은 여러 사실들에 의해 분명히 드러나 있는데다 장기를 사고 파는 시장이 형성되어 있으니 구태여 정신병자라고 가정할 필요는 없겠다.

　수개월 전에 한 미국인(병리학 박물관의 보조 큐레이터)이 검시 배심에 출두하여 사망 사건에서 적출된 장기들을 가져가겠냐는 질문을 받았다. 그는 장기 하나당 20파운드 가격으로 기꺼이 구매할 의향이 있다고 진술했다. 그는 당시 출간 작업을 진행 중인데 출간물에 장기의 샘플 사진을 실어야 한다고 말했다. 하지만 장기 샘플을 확보하기 어렵다는 말을 들어서 계속 구하려고 노력 중이라고 했다. 그는 장기 샘플들을 일반적인 보존제인 알코올이 아니라 글리세린에 담아서 물렁물렁한 상태로 보존한 뒤 미국으로 보내고자 한다고 말했다. 이런 장기 샘플에 대한 요구는 유관 기관 간에 종종 이루어지는 것으로 알려졌다. 이런 요구가 있다는 것을 알게 된 타락한 무리들이 직접 장기 확보에 나섰을 가능성도 있지 않을까?

언론 보도로 본 사건의 추이

사건의 전개 2:
다섯 번째 살인부터 일곱 번째 살인

어제 아침, 그동안 애니 채프먼 살인 사건을 끈질기게 수사해온 시크 경사가 마침내 일명"가죽 앞치마"로 알려져 있는 살인사건 용의자를 체포하는데 성공했다. 이 남자는 애니 채프먼 사건과 최근 화이트채플에서 벌어진 살인 사건들을 수사하는 동안 이 지역의 많은 여성들에 의해 만행을 저지른 범인으로 지목되었고 그 충격적인 소문이 삽시간에 퍼지면서 악명을 얻은 인물로 회자될 것이다.

시크 경사는 두세 명의 경관과 함께 멀베리 가 22번지를 찾아가 문을 두드렸다. 문을 열어준 사람의 이름은 피저, 일명 "가죽 앞치마"로 추정되는 인물이었다. 시크는 단번에 그를 제압하면서 말했다.

"내가 제대로 찾아왔군."

그는 곧 피저에게 채프먼의 살인 혐의로 체포한다고 알렸다. 피저는 아무 대꾸도 하지 않았다. 체포된 남자는 부츠를 끝손질 하는 직공이었는데, 시크는 그를 다른 경관들에게 넘긴 뒤 집안을 수색하기 시작했다.

그가 찾아낸 것은 날이 예리하고 긴 칼 다섯 점—그러나 피저와 같은 직공들이 일을 할 때 사용하는 칼들—과 낡은 모자 대여섯 개였다. 몇 명의 여성들이 그 모자에 대해 한 진술에 따르면, 피저는 여러 종류의 그 모자들을 쓰는 모습이 자주 목격되었다. 피저는 자신이 "가죽 앞치마"로 알려진 사람이 아니라고 강하게 부인했다.

GHASTLY

MURDER

IN THE EAST-END.

DREADFUL MUTILATION OF A WOMAN.

Capture : Leather Apron

Another murder of a character even more diabolical than that perpetrated in Back's Row, on Friday week, was discovered in the same neighbourhood, on Saturday morning. At about six o'clock a woman was found lying in a back yard at the foot of a passage leading to a lodging-house in a Old Brown's Lane, Spitalfields. The house is occupied by a Mrs. Richardson, who lets it out to lodgers, and the door which admits to this passage, at the foot of which lies the yard where the body was found, is always open for the convenience of lodgers. A lodger named Davis was going down to work at the time mentioned and found the woman lying on her back close to the flight of steps leading into the yard. Her throat was cut in a fearful manner. The woman's body had been completely ripped open and the heart and other organs laying about the place, and portions of the entrails round the victim's neck. An excited crowd gathered in front of Mrs. Richardson's house and also round the mortuary in old Montague Street, whither the body was quickly conveyed. As the body lies in the rough coffin in which it has been placed in the mortuary · the same coffin in which the unfortunate Mrs. Nicholls was first placed · it presents a fearful sight. The body is that of a woman about 45 years of age. The height is exactly five feet. The complexion is fair, with wavy brown hair; the eyes are blue, and two lower teeth have been knocked out. The nose is rather large and prominent.

애니 채프먼 파살 직후 화이트채플 살인자(잭 더 리퍼)를 "가죽 앞치마Leather Apron"로 지칭한 신문기사. 채프먼의 심장이 적출됐다는 등의 사실과 다른 내용이 포함되어 있다.

잭 더 리퍼 용의자 중 하나였던 존 피저

다음의 공지문이 런던 지역의 경찰뿐 아니라 전국 경찰서에 배포되었다. "9월 8일 오전 2시 주택에서 매춘부를 살해한 남자의 인상착의: 나이 37세. 키 170센티미터 검은 턱수염과 콧수염. 옷—셔츠, 검은 계통의 재킷과 조끼, 바지, 검은 스카프, 검은 펠트 모자. 외국인 억양의 말투."

일명 "가죽 앞치마"와 인상착의가 흡사한 용의자가 그레이브젠드에서 체포됐다는 소식이 전해지자 세간의 흥분이 고조되었다. 윌리엄 헨리 피곳이라는 이름의 이 남자는 일요일 밤 그레이브젠드의 술집 포프스 헤드에서 검거되어 수감되었다. 피곳이 처음부터 이목을 끈 것은 그의 옷에 묻어 있는 혈흔 때문이었다.

그레이브젠드 경찰 책임자는 용의자에 대한 첩보를 입수하고서 포프스 헤드로 경사를 보냈다. 술에 취해 있는 듯한 그 남자에게 접근하던 경사는 그의 한쪽 손에서 최근에 생긴 몇 개의 상처들을 보았다. 경사가 그 상처에 대해 추궁하자, 피곳은 횡설수설하면서 일요일 새벽 4시 30분쯤에 화이트채플의 브릭 레인에 갔다가 한 여자가 발작을 일으키는 것을 발견했다고 했다. 그래서 그녀를 부축해 주려고 몸을 숙이는 순간, 그녀가 그의 손을 물었다는 것이다. 격분한 그가 여자를 때렸고, 마침 두 명의 경찰이 그쪽으로 다가오는 걸 보고 냅다 도망쳤다고 말했다.

12시 48분에 피곳이 체포됐다는 소식이 빠르게 퍼지더니 얼마 지나지 않아서 살인 용의자를 보려고 몰려든 흥분한 군중이 경찰서를 에워쌌다. 토요일에 술집 프린스 앨버트에 있었다는 "가죽 앞치마"의 인상착의를 묘사했던 피디몬트 부인을 비롯하여 용의자의 신원을 확인해 줄 수 있는 몇 명의 목격자들이 경찰서에 출두했다. 그러나 간단한 조사 결과 피곳은 "가죽 앞치마"가 아니라는데 목격자들의 의견이 일치했다.

화이트채플 일대를 방문한 적이 있는 총명한 관찰자들은 범인이 그 정도로 잔악한 범행 후에 은신처까지 무사히 갈 수 있었다는 점에 경악을 금치 못한다. 범인은 피비린내를 풍기며 핸버리 가의 공동주택 마당을 떠났을 터다. 만약 그 시간이 오전 5시에서 6시 사이라는 추측이 맞다면, 이른 시간이지만 사람들의 통행이 상대적으로 빈번한 거리를 거의 백주대낮에 걸어서 이동했음에도 불구하고 그동안 그의 섬뜩한 모습에 아무도 주의를 기울이지 않았다는 얘기가 된다.

이 점은 많은 사람들로 하여금 살인자가 간이 숙박소에 거주하는 빈민층이 아니라는 가설로 이끌었다. 아무튼 범인에게 혈흔이 묻었음이 분명한데 사람들의 이목을 끄는 그런 모습으로 간이숙박소로 돌아가지 않았을 것이다. 따라서 경찰은 수사를 간이숙박소에 한정하지 않고 주택 소유주들로 확대했다. 런던의 이스트엔드에 무수히 많은 주택 소유주들은 가구 딸린 셋집을 임대하면서 세입자의 성격이나 이력 따위를 제대로 묻지 않는 관행을 지켜왔다.

지역의 주요 상인들이 어제 모임을 갖고 저명한 인물 16명으로 구성된 위원회를 만들고 J. 애런스 씨를 간사로 임명했다. 이 위원회는 지난밤 살인자를 검거하는데 결정적인 제보를 하는 사람에게 포상금을 지급하겠다는 공지를 발표했다. 지역 주민들은 그 공지를 환영했고, 며칠 안에 거금의 포상금이 정해질 거라고 생각했다.

지역 자경단을 조직하자는 제안도 큰 호응을 얻었고 구체적인 결성 움직임이 진행되었다. 다양한 직장인 클럽과 지역의 여러 정치 사회 단체에서 모임이 열렸고, 이를 통하여 주민들이 기꺼이 찬성할만한 제안들이 나왔다.

9월 12일. 최근의 수사진행상황은 그리 낙관적이지 않다. 월요일 저녁에 전해진 소식에 따르면, 애니 채프먼의 살인 혐의를 받고 있는 존 피저는 리먼 가 경찰서에 아직 구금 중이었다. 그런데 지난밤 그를 석방하기로 결정되었다.

9월 15일. 그레이브젠드에서 체포된 피곳의 경우에는 형사들의 심문 과정에서 어떠한 범죄 혐의점도 발견되지 않았다. 결국 조만간 그도 풀려날 전망이다.

9월 20일. 지난밤까지 화이트채플 살인 사건과 관련해 체포된 용의자는 더 없으며, 경찰은 여전히 우왕좌왕하고 있다.

다섯 번째 사건
희생자: 엘리자베스 스트라이드
사건발생일: 1888. 9. 30
사건발생장소: 버너 가
자료 출처: 《더 타임스》 1888. 10. 1

어제 이른 새벽, 런던의 이스트엔드에서 또 다시 두 건의 섬뜩한 살인사건이 벌어졌다. 두 사건의 희생자들 역시 매춘 여성으로 알려졌다. 경찰은 이번 사건의 범인을 지금까지 화이트채플에서 벌어진 인면수심의 범행으로 이미 악명

을 떨치고 있는 자와 동일인이라고 보는데 의심의 여지가 없는 것 같다. 두 사건 현장은 서로 걸어서 불과 15분 거리에 있는데, 먼저 발견된 사건은 커머셜 가 외곽의 한적한 버너 가에 있는 어느 마당에서 벌어졌고, 두 번째 사건은 앨드게이트의 마이터 광장에서 발생했다.

다섯 번째 사건에서 시신은 한 공장의 초입 쪽에서 발견되었다. 범행 수법이 기존 사건들과 비교해서는 평범해 보이지만-매춘 여성의 목만 잘린 상황임을 고려하면-시신의 자세로 봐서 살인자는 시신을 훼손하려고 했음이 분명하다. 그러나 인근에 이륜 짐마차가 나타나는 바람에 범행을 멈추고 이 짐마차 뒤쪽으로 도주한 것으로 보인다.

범죄 현장은 한 쌍의 커다란 나무 관문으로 이어지는 좁은 마당이다. 이 마당에는 관문이 닫혀 있는 경우에 출입문으로 사용하는 작은 쪽문이 하나 있다. 살인자가 범행을 저지르던 시간에 나무 관문은 열려 있었다. 거리에서 5~6미터 떨어진 이 마당의 사면은 창문이 없는 담장으로 에워싸여 있다. 그래서 해가 진후에 이 마당은 칠흑 같은 어둠의 공간으로 변한다.

마당의 뒤쪽으로 멀리 노동자 클럽, 마당 왼쪽에는 주로 재봉사와 담배 제조공들이 사용하는 수많은 오두막이 있다. 이 클럽과 오두막에서 새어나오는 불빛이 마당까지 닿는다. 그러나 살인이 이루어진 시간에는 인근 주거지의 불빛이 모두 꺼진 상태였고, 클럽 위층에서 나오는 불빛은 오두막촌 맞은편에 닿아서 오히려 마당의 일부는 더욱 짙은 어둠이 드리워졌다.

엘리자베스 스트라이드의 사망 증명서

버너 가에서 스트라이드의 시신이 발견된 소식을 전하는 《페니 일러스트레이티드 페이퍼》, 1888년 10월 6일자

엘리자베스 스트라이드가 살해되고 21년이 지난 1909년의 버너 가 모습. 수레바퀴가 달려있는 건물 바로 오른 쪽 3층 건물이 국제 노동자 클럽이다.

위의 건물을 좀 더 가까이서 촬영한 사진

사회주의자 연맹의 지부이자 수많은 외국인 거주민들의 회합 장소인 노동자 클럽―정확히는 국제 노동자 교육 클럽―에서는 토요일 밤마다 서로의 관심사를 토론하고 노래와 이런저런 오락을 곁들여 친목모임을 마무리하곤 했다.

유대인 사회에 사회주의를 정착시키기 위한 필수조건이라는 주제 토론으로 모임이 시작된 시간은 토요일 8시 30분경이었다. 모임은 11시경까지 계속되었고, 그때쯤에는 참석자 중에서 상당수가 자리를 뜨고 없었다. 이삼십 명 정도가 자리를 지키는 가운데 일상적인 음악 연주회가 계속되는 동안, 클럽의 간사가 인근에서 한 여성이 피살됐다는 소식을 알렸다.

사건 현장인 마당 맞은편의 오두막촌 거주자들은 집안에서 대부분 잠자리에 든 상태였다. 그중에 침대에서 잠이 깨어 있던 몇몇은 클럽에서 들려오는 음악 소리를 듣고 있었는데, 갑자기 연주회가 끝났다는 것을 기억하고 있었다. 그러나 그들이 잠자리에 든 시간과 시신이 발견된 시간 사이에 비명이나 여자의 울부짖음 같은 소리를 들은 사람은 아무도 없었다.

간밤의 희생자는 그녀의 자매에 의해 신원 확인을 거쳐 엘리자베스 스트라이드로 밝혀졌다. 희생자는 최근부터 플라워 앤 딘 스트리트에 살았던 것으로 보인다. 사망자의 시신을 확인한 한 기자는 그녀를 걸핏하면 만취 상태에서 발견된 애니 피츠제럴드라는 이름의 여성으로 알고 있었다. 만취 상태에서도 언제나 술을 마시지 않았다고 잡아떼면서 발작 증세를 보이고 있노라 말하더라는 것이다. 발작증에 관한 그녀의 말은 자신이 주취 문제로 여러 차례 즉결 재판소에 섰을 때 했던 변명과는 정확히 일치하진 않아도 일부는 사실로 보인다. 즉결 재판소에서 그녀에게 불리한 증거가 제시되는 동안, 그녀가 갑자기 피고석에서 발작을 일으키며 쓰러지는 통에 기절한 채 법정에서 구치소로 옮겨졌기 때문이다.

엘리자베스 스트라이드에 대한 검시 배심(10월 2일~10월 24일)

제임스 브라운의 증언

저는 일요일 오전 1시 15분경에 사망자를 목격했습니다. 당시 저는 먹을거리를 사려고 집을 나와서 버너 가와 페어클러프 가의 모퉁이를 향하고 있었죠. 길을 건너고 있는데 페어클러프 가의 공립초등학교 근처에 한 남자와 한 여자가 서 있는 것을 봤어요. 그들은 벽에 몸을 기대고 서 있더군요. 그들 곁을 지나갈 때 여자가 이렇게 말하는 소리가 들려왔어요.

"아니, 오늘 밤은 안 돼. 나중에." 그 말 때문에 저는 돌아서서 그들을 봤어요. 그 여자가 사망자라고 확신해요. 남자는 팔을 들어 벽을 짚고 있었고 여자는 벽에 등을 대고 남자를 정면으로 쳐다보고 있더군요. 남자는 거의 발목까지 내려오는 롱코트를 입고 있었어요. 그들이 서 있는 자리는 다른 곳에 비해 더 어두웠어요. 그리고 저는 가던 길을 계속 갔고요.

제가 식사를 거의 끝냈을 즈음 "경찰", "살인"이라고 외치는 소리를 들었어요. 제가 집으로 들어가고 15분 정도 지났을 때였어요. 남자의 키는 170센티미터 정도였어요. 살집이 있는 통통한 체격이었고요. 남자와 여자 모두 정신은 말짱해 보였어요.

윌리엄 마샬의 증언

일요일 밤에 저는 시체안치소에서 사망자의 시신을 확인했습니다. 그 시신은 토요일 밤에 제가 버너 가의 저의 집에서 세 집 정도 떨어진 거리에서 본 여자였습니다. 11시 45분경이었어요. 그 여자는 한 남자와 얘기를 하고 있었습니다. 저는 그녀의 얼굴과 옷차림을 다 기억합니다. 불빛이 없어서 그녀와 얘기를 하고 있던 남자의 얼굴은 보지 못했습니다. 남자는 검은색 반코트와 짙은 계열의 바지를 입고 있었습니다. 나이는 중년 정도로 보였고요.

검시관: 남자가 어떤 종류의 모자를 쓰고 있었나요?

목격자: 챙이 작은 둥근 모자, 그러니까 선원들이 쓰는 모자 그런 종류였습니다.

검시관: 남자의 키는 어느 정도였나요?

목격자: 168센티미터 정도였고 통통했습니다. 옷차림이 점잖아 보였고, 사무직 그런 일을 하는 것 같았습니다. 사무원이라고 할까요.

검시관: 구레나룻을 기르고 있던가요?

목격자: 제가 본 기억으로는 구레나룻이 없었던 것 같습니다. 장갑을 끼고 있지 않았고 지팡이나 그런 것도 없이 맨손이었습니다.

검시관: 그 남자는 어떤 종류의 옷을 입고 있었나요?

목격자: 앞자락을 허리춤에서 비스듬히 재단한 모닝코트 같았습니다.

검시관: 그때 본 여자가 사망자가 맞나요?

목격자: 네, 맞습니다. 그 사람들을 자세히 본 건 아닙니다. 저는 저의 집 문간에 서 있었는데 제일 먼저 눈에 띈 것은 그 여자가 꽤 오랫동안 거기 서 있었다는 점과 남자가 그녀에게 키스를 한 겁니다. 남자가 죽은 여자에게 이렇게 말하는 소리를 들었습니다. "너는 기도 얘기는 안하려고 드는구나." 그의 말투는 상냥했고 어딘지 많이 배운 사람 같았습니다. 두 사람은 거리를 따라 걸어갔습니다.

윌리엄 스미스 경관의 증언

스미스는 토요일 밤에 버너 가를 순찰 중이었다고 진술했다.

검시관: 버너 가에 있을 때 누군가를 봤나요?

스미스: 네, 남자 한 명과 여자 한 명을 봤습니다.

검시관: 여자는 사망자와 비슷하게 생겼나요?

스미스: 네, 여자의 얼굴을 봤습니다. 그리고 시체안치소에서 사망자의 얼굴을 봤는데 같은 사람이라고 확신합니다.

검시관: 사망자와 얘기를 하고 있던 남자를 봤나요?

스미스: 네, 남자는 손에 신문뭉치를 들고 있었습니다. 길이 45센티미터 폭 20센티미터 정도 됐습니다. 남자의 키는 170센티미터 정도였습니다. 검은색 계통의 단단한 펠트제 사냥모를 썼고, 검은색 계통의 코트 같은 걸 입고 있었습니다.

검시관: 코트 종류는 어떤 것이었나요?

스미스: 오버코트였습니다. 바지는 거무스름한 색이었고요.

검시관: 남자의 나이를 가늠해볼 수 있나요?

스미스: 28세 정도.

검시관: 그 남자가 어떤 사람인지 말해볼 수 있나요?

스미스: 아니오, 그건 모릅니다. 외모는 점잖아 보였습니다. 여자는 재킷에 꽃을 꽂고 있었고요.

온갖 국적의 사람들이 모여 있는 이 지역에서 앞서 벌어진 일련의 사건 피해자들과 달리 엘리자베스 스트라이드는 영국인이 아니다. 그녀는 1843년에 스웨덴에서 태어났으나 이 나라에서 산 지 22년이 넘었기에 외국인 억양이 크게 느껴지지 않을 정도로 영어를 유창하게 구사했다. 한때 고인과 그녀의 남편은 포플러에서 커피점을 운영하기도 했다. 고인은 또 커머셜 가의 데번셔 가에서 바느질과 잡일로 스스로 생계를 꾸리기도 했던 것 같다.

지난 6년 동안 그녀는 간헐적으로 악명 높은 플라워 앤 딘 가의 간이숙박소에서 생활했다. 그녀는 그곳에서 "키다리 리즈"라는 별명으로만 알려져 있었고, 종종 자신의 남편과 자녀들이 증기선 SS 프린세스 앨리스 호의 침몰 때 숨졌다는 등 선뜻 믿기 어려운 말들을 하곤 했다.

사망자는 최근 2년간 예비군 소속의 부두 노동자인 마이클 키드니와 함께 스피탈필즈의 도싯 가에서 살아왔다. 그러나 이 동거 생활 중에서 주기적으로—다 합쳐서 대략 5개월에 해당하는 기간 동안—마이클 키드니와 별거 생활을 하기도 했다. 별거를 해야 하는 특별한 이유가 있어서라기보다 동거의 속박에서 벗어나고 싶은 욕구와 음주 기회를 좀 더 많이 가지고 싶다는 바람 때문이었다.

텐스 강에서 650명 이상의 사망자를 낸 프린스 앨리스 호와 바이웰 캐슬 호의 충돌 장면(1878년)

페어클리프 가와 버너 가의 모퉁이에서 생전의 희생자를 마지막으로 목격한 제임스 브라운의 증언에 따르면, 희생자는 "오늘밤 말고 나중에."라고 말했다. 그로부터 15분이 채 지나지 않아서 그녀는 살아있는 모습이 목격된 곳으로부터 불과 몇 미터 떨어진 거리에서 시신으로 발견되었다.

늦은 시간이라 사람들이 별로 없는 곳이긴 했으나 위치상 한적하거나 사람들의 통행이 없다는 이유애소 범행 장소로 선택할 만한 곳은 아니었다. 이곳의 유일한 장점은 어둠이었다. 몇 가구가 사는 공동주택의 마당으로 이어지는 통로부근이었다. 이 통로와 마당 근처에는 토론을 마치고 가무와 오락 시간을 갖고 있던 사회주의자 클럽이 있었다.

희생자와 그녀의 동행인은 클럽과 주방 그리고 인쇄실에서 새어나오는 불빛을 봤을 것이다. 그들은 클럽의 창문들이 열려 있었기 때문에 가무를 즐기는 소리도 들었을 것이다. 그들이 도착하기 직전까지 그 마당에는 사람들이 있었다.

오전 12시 40분경 모리스 이글이라는 클럽 회원이 희생자가 마지막 숨을 토해내던 바로 그 지점을 지나서 관문을 통과했고 마당 쪽으로 열려있던 클럽의 뒷문으로 들어갔다. 1시에 클럽의 간사가 시신을 발견했다. 그는 시신을 직접 자세히 살피진 않았으나 수분 동안 시신의 목에서는 피가 계속 흘러나왔다.

일대에서 벌어진 유사 사건들과 마찬가지로 이번에도 도와달라는 외침 같은 것은 없었다. 클럽이 꽤 소란스러웠다고는 하나 인근에서 어느 누구도 비명 소리를 듣지 못했다는 것은 납득이 가지 않는다.

사회주의자 신문의 편집인은 클럽 건물에서 떨어진 창고 그러니까 인쇄소로 사용되는 곳에서 조용히 일을 하고 있었다. 또 사건 현장에서 가까이 있는 오두막 촌에도 몇몇 가족이 깨어 있었고, 클럽의 여러 방에는 스무 명 가량의 사람들이 남아 있었다. 그런데도 비명 소리 한번 없었다니,

대체 희생자는 어떻게 죽음을 맞았던 것일까?

저항흔도 없었다. 희생자의 옷은 찢기지 않았고 헝클어지지도 않았다. 양 어깨에 손으로 누른 흔적이 남아 있긴 했으나, 시신의 자세는 발견된 지점에 희생자가 스스로 원해서 혹은 자기가 직접 자리를 잡았음을 암시하고 있다. 남아 있는 족적은 피해자의 부츠 자국뿐이었다. 그녀는 여전히 구중향정(입 냄새를 없애주는 약) 뭉치를 손에 쥐고 있었고, 상의 앞쪽에 핀으로 꽂아놓은 꽃송이도 그대로 남아 있다.

그녀가 만약 강제로 땅에 눕혀졌다면, 사람들의 이목을 끌지 않을 수 없었을 것이다. 바닥에 남아있는 혈액의 상태로 미루어, 희생자의 목이 잘린 것은 그녀가 실제로 땅에 등을 대고 누운 다음이었다. 재갈을 물린 흔적도 얼굴에 타박상도 없었다. 희생자의 위에서는 마취제나 최면제 성분은 발견되지 않았고, 그녀의 손에 쥐어진 구중향정은 그녀가 자기방어 차원에서 그것을 사용하지 않았음을 보여준다. 어쩌면 어깨에 나 있는 손의 압박흔은 이번 참변의 원인과는 거리가 있을지 모르겠다. 검시를 맡은 프레더릭 윌리엄 블랙웰 박사는 그 압박흔이 최근에 생긴 것이라고 보기 어렵다고 말했기 때문이다.

유독 설명하기 어려운 부분이 하나 있다. 블랙웰 박사가 검안했을 때 희생자의 오른손은 가슴에 올려져 있었고 그

손바닥과 손등에는 피가 묻어 있었다. 블랙웰 박사에 이어 현장에 도착한 경찰공의 필립스 박사는 그 손에 피가 묻은 원인을 설명하지 못했다. 손에는 목이 잘릴 때 예상할 수 있는 방어흔이 없었기에 당연히 출혈의 원인이 되는 상처도 없었기 때문이다. 그렇다면 살인자가 일부러 그녀의 손에 피를 묻힌 것일까 아니면 현장에 먼저 도착한 누군가가 실수로 묻힌 것일까? 해답이 될 만한 증거는 없다.

불행히도 살인자는 아무런 흔적도 남기지 않고 사라졌다. 심지어 구중향정마저 아무 표시가 없는 종이로 포장되어 있어서 그것을 어디서 샀는지 알아낼 방법이 없다. 목의 절창으로 볼 때 범인의 손과 옷에 피가 묻을 수밖에 없고, 희생자의 가정사로 볼 때 범인은 비면식범의 확률이 컸다.

범행 동기의 부족, 희생자로 선택된 여성들의 나이와 계층, 범행 장소와 시간이라는 측면에서 이번 사건과 최근 이 지역 일대에서 벌어진 일련의 미제 사건들 사이에 유사성이 있다.

이번 사건은 니콜스와 채프먼 사건에서처럼 능숙한 시신 훼손이 없었고, 마이터 광장에서처럼(모방 범죄로 판단되는) 서툰 공격의 흔적도 없으나 희생자를 함정에 빠뜨려 즉사시키는 동시에 살인자 본인에겐 혈흔을 묻히지 않는 노련함은 동일하게 나타난다. 게다가 즉각적인 수사망을 대범하고도 매우 성공적으로 피해감으로써 불행히도 인근 지역 주민들과 잦은 왕래자들에게 불안을 던져준다는 점도 같다.

경찰공의로서 화이트채플 지역을 담당했던 외과의, 조지 백스터 필립스(1888년)

핸버리 가 29번지에서 채프먼 살인 현장을 살펴보는 조지 백스터 필립스

FINDING ᴛʜᴇ MUTILATED BODY ɪɴ MITRE SQARE

마이터 광장에서 발견된 시체, 《일러스트레이티드 폴리스 뉴스》 1888년 10월 6일자

이 도시에서 또 다시 벌어진 살인사건, 살인자는 정신병자가 아니라면 천인공노할 범죄를 저지르는 동안 혹시 누군가에게 발각될지 모른다는 두려움조차 없었던 것으로 보인다.

마이터 광장으로 진입하는 길은 세 지점 그러니까 마이터 가를 경유하거나 듀크 가와 세인트 제임스 플레이스에서 연결된 통로를 이용하는 것이다.

마이터 광장이 밤에는 사업 목적 외에는 한적해지는 게 사실이긴 하나 어느 길을 택하든 일반 행인이나 경찰의 눈에 띌 확률이 높다. 게다가 15분에서 20분 간격으로 경찰이 순찰을 돌기 때문에 살인자와 희생자는 이 짧은 시간 동안 그곳에 도착했고 범죄까지 끝이 났다는 결론이 나온다.

사망한 여성은 등을 대고 누워서 머리를 왼쪽으로 기운 상태로 발견되었다. 왼쪽 발은 펴져 있었고, 오른쪽 발은 구부러져 있었다. 두 팔은 모두 펴진 상태였다. 목은 무참히 잘려 있었다. 코에서 오른쪽 뺨으로 크고 깊은 자창이 있었고, 오른쪽 귀의 일부는 잘려나갔다. 이루 표현하기 어려운 또 다른 훼손들도 있었다. 하반신을 훼손한 방식으로 미루어 범인은 상당한 해부학적 지식과 기술을 갖춘 것으로 보이는 반면, 니콜스와 채프먼의 경우보다는 급하고 거칠게 범행을 저지른 것으로 추정된다.

사건 현장을 최초로 목격한 경찰은 자신이 시신을 발견하기 전 15분 안에 범행이 이루어졌을 거라고 단언했다. 그는 순찰을 시작한지 10분에서 15분 후에 시신을 발견했다고 말했다. 그의 가설에 따르면, 앨드게이트에서 마주친 한 남자와 한 여자가 순찰 중인 자신이 광장을 돌아갈 때까지 지켜본 뒤에 음란한 목적으로 광장에 들어섰다. 여자의 목을 자른 살인자는 서둘러 시신을 훼손하기 시작했다.

1888년 9월 30일, 사진 중앙에 보이는 담장 가까이서 캐서린 에도우스의 시신이 발견 됐다.

일부 의사들은 살인자가 시신 훼손을 끝내는데 5분이면 충분했을 것이고 그 결과 순찰 중인 경찰이 사건 현장으로 돌아오기 전에 도망칠 수 있었을 거라고 진술했다.

범행 당시에 여성은 바닥에 누워 있었기 때문에 살인자는 자신에게 다량의 피가 묻는 것을 피할 수 있었고, 여러 개의 비좁은 샛길을 통하여 사람들의 눈에 띄지 않고 재빨리 빠져나갔을 것이다. 그러나 무엇보다 이상한 점은 아주 작은 비명이나 소음조차 들리지 않았다는 것이다. 광장의 한 창고에는 야경꾼으로 고용된 사람이 있었고, 직선거리로 얼마 떨어지지 않은 곳에는 한 경찰관이 잠들어 있었는데도 말이다.

알베르 바케르라는 남자는 다음과 같이 진술했다.

"토요일 밤 내가 한 남자와 얘기를 나누기 시작했을 때 앨드게이트의 쓰리 넌스 호텔에 있었어요. 그 남자가 내게 최근의 살인사건에 관해 이런저런 걸 묻더군요. 그는 내가 그 호텔의 바를 이용하는 매춘부들을 알고 있는지 또 그들이 보통 몇 시쯤에 거리로 나가는지 그들이 자주 가는 곳이 따로 있는지 따위를 물었어요. 그는 계속해서 질문을 했는데 그 언행으로 봐서 좋은 목적을 가지고 있는 것 같지는 않더군요. 그는 별 볼일 없으면서 신사연하는 남자 같았고 검은 옷을 입고 있었어요. 검은 펠트 모자를 썼고 검은 가방을 가지고 있었고요. 우리는 문을 닫는 시간 그러니까 12시 정각에 함께 밖으로 나왔어요."

캐서린 에도우스 사건의 검시 배심 (1888년 10월 5일~12일)

일라이저 골드의 증언

일라이저 골드는 사망자가 자신의 동생 즉 캐서린 에도우스임을 확인했다. 캐서린 에도우스는 결혼은 하지 않았으나 켈리라는 이름의 남성과 동거 중이었다. 그녀는 결혼한 적이 없다. 증인에 따르면, 그녀의 나이는 대략 43세가량이다. 켈리와 동거하기 전에는 수년 동안 콘웨이라는 남성과 살았다. 유부남이었던 콘웨이와의 사이에 두 자녀를 두었다.

존 켈리의 증언

그는 시장 인근에서 날품을 파는 노동자다. 그는 사망자의 시신을 보고 캐서린 콘웨이라고 확인했다. 증인은 토요일 오후 2시에 하운즈디치에서 사망자와 함께 있었다. 그녀는 딸을 찾으러 버몬지에 갈 예정이라고 말했다. 늦어도 4시까지는 돌아오겠다고 말했다. 그러나 그녀는 돌아오지 않았고 증인이 전해들은 소식에 따르면 그녀는 토요일 밤 내내 비숍게이트 경찰서 유치장에 잡혀 있었다고 한다. 증인은 그녀가 일요일 아침에는 돌아오겠거니 생각하고 크게 신경 쓰지 않았다. 증인이 듣기로는 유치장에 갇힌 이유는 "한잔 걸쳤기" 때문이었다.

루이스 로빈슨 경관의 증언

로빈슨은 9월 29일 오후 8시 30분 경 인파로 북적이던 앨드게이트의 하이 가에서 근무 중이었다고 진술했다. 그는 그때 한 여성을 봤는데, 나중에 확인한 결과 사망자와 일치했다. 그녀는 당시 보도에 누워 있었다. 그는 주변에 있는 사람들에게 그녀가 누구인지 또 어디에 사는지 아는 사람이 있냐고 물었지만 아무도 대꾸하지 않았다. 다른 경관이 도착한 후 그들은 함께 그녀를 비숍게이트 경찰서로 데려가 유치장에 집어넣었다.

시 법무관: 그녀가 앞치마를 하고 있었는지 기억합니까?

증인: 네. 하고 있었습니다.

시 법무관: 그 앞치마를 식별할 수 있나요?

증인: 앞치마를 보면 알아볼 수 있습니다. (갈색 종이 꾸러미가 제출되었고 꾸러미에 있던 앞치마가 증인에게 제시되었다.) 증인은 "제가 알고 있는 한 그 앞치마가 맞습니다."라고 증언했다.

조지 헨리 허트 경관의 증언

토요일 밤 9시 45분, 그가 인계받은 구류자들 중에 사망자가 포함되어 있었다. 오전 12시 55분까지 그는 수차례 유치장에 있는 그녀를 면담했다. 이후 그는 바이필드 경사의 지시를 받고 구류자 중에서 방면해도 좋은 사람이 있는지 확인했다. 사망자는 술이 깬 상태라 유치장에서 사무실로 옮겨졌는데, 메리 앤 켈리라는 이름을 댄 후에 훈방되었다.

시 법무관: 정리해 보겠습니다. 그녀를 훈방한 경관은 증인이 아니라 바이필드 경사였어요. 사망자는 오전 1시경에 경찰서를 나갔어요.

《페니 일러스트레이티드 페이퍼》 1888년 10월 13일자에 실린 캐서린 에도우스

그녀는 어디로 간다고 증인에게 말하진 않았어요. 12시 58분경, 유치장에서 풀려난 그녀는 증인에게 몇 시냐고 물었고 증인은 이렇게 대답했어요. "술을 더 마시기엔 늦은

시간이죠." 그러자 그녀는 이렇게 말했어요. "집에 가서 한 잔 하죠 뭐." 증인은 그 말을 듣고 그녀가 집에 갈 거라고 생각했어요. 증인은 그녀가 앞치마를 입고 있는 걸 발견했고, 지금 제출된 앞치마가 그때 그녀가 입고 있던 것과 동일하다고 진술했습니다.

조셉 로웬드의 증언

살인이 벌어진 날 밤, 그는 듀크 가의 임페리얼 클럽에 조셉 레비, 해리 해리스와 함께 있었다. 그들은 1시 30분경에 클럽을 나와 5분쯤 후에 그곳을 떠났다. 그들은 한 남자와 한 여자가 함께 마이터 광장으로 연결된 좁은 통로인 교회 가는 길의 한쪽 구석에 서 있는 것을 보았다.

여자는 남자를 바라보는 자세로 서 있었다. 증인은 여자의 얼굴을 보지 못했다. 남자는 여자보다 키가 컸다. 여자는 검은 재킷 차림에 챙 없는 모자를 썼는데, 남자의 가슴에 손을 올려놓고 있었다. 증인은 경찰서에서 옷가지들을 확인한 후 그것이 그날 여자가 입고 있던 옷들 같다고 진술했다.

검시관: 피해자와 얘기를 하고 있던 남자의 신상착의를 말할 수 있나요?

증인: 챙이 있는 납작한 모자를 쓰고 있었어요.

검시관: 배심원이 양해해 주신다면 특별한 사정으로 인해

용의자 인상착의에 대한 증인의 설명을 이것으로 마쳤으면 합니다만.

배심원단은 그러라고 답변했다.

검시를 담당한 경찰공의, 프레더릭 고든 브라운 박사의 증언

시 법무관: 사망자의 자상으로 범행 도구를 특정할 수 있을까요?

증인: 예리하고 끝이 뾰족한 칼입니다. 복부의 자상으로 미루어 볼 때 칼날의 길이는 15센티미터 이상입니다.

시 법무관: 범인이 해부학에 상당히 능한 사람이라고 생각합니까?

증인: 복강에 있는 장기들의 위치와 그것들을 적출하는 방법까지 아주 잘 알고 있는 인물입니다.

시 법무관: 혹시 장기들이 전문적인 목적을 위하여 적출됐을 가능성이 있나요?

증인: 적출된 장기들은 전문적인 목적에는 쓸모가 없을 겁니다.

시 법무관: 왼쪽 신장이 적출됐다고 하셨는데요. 그것을 적출하기 위해서는 고도의 기술과 지식이 필요합니까?

증인: 그 장기를 적출하기 위해서는 위치를 정확히 알고 있어야 합니다. 정확히 알기에는 어려운 위치입니다. 신장은 얇은 막으로 싸여 있으니까요.

시 법무관: 도축업 종사자들도 알기 어렵나요?

증인: 네.

시 법무관: 전문가로서 특정 장기를 적출한 이유가 무엇이라고 생각합니까?

증인: 모르겠습니다.

사건 현장에 가장 먼저 도착한 지역 개업의, 조지 윌리엄 세케이라 박사의 증언

시 법무관: 증인은 살인자가 특정 장기를 노렸다고 생각합니까?

증인: 저는 살인자가 특정 장기에 특정 목적을 지녔다고 생각하지 않아요.

시 법무관: 자상으로 미루어 범인이 상당한 해부학 지식을 지니고 있다고 생각합니까?

증인: 아니오, 저는 그렇게 생각하지 않아요.

앨프레드 롱 경관의 증언

롱은 9월 30일 아침에 화이트채플의 굴스톤 가에서 근무 중이었다고 진술했다. 그는 2시 55분경 (앞서 제출했던) 앞치마를 발견했다. 앞치마에는 묻은 지 얼마 지나지 않은 혈흔이 있었다.

그것은 일반적인 공동주택인 118번지와 119번지 건물의 계단으로 연결된 통로에 놓여 있었다. 앞치마가 놓여 있던 곳 벽면에 백묵으로 "유대인은 이유 없이 비난받는 사람들이 아니다."라고 쓰여 있었다. 그는 2시 20분에도 그 지점을 지나갔지만 그때만 해도 앞치마는 거기 없었다.

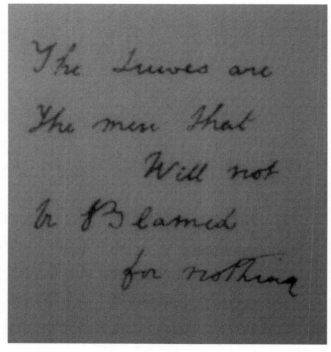

굴스턴 가의 유대인 낙서. "유대인은 이유 없이 비난받는 사람들이 아니다." (The Juwes are the men That Will not be Blamed for nothing.)

시 법무관: 혹시 부정의 의미를 틀리게 기억하고 있지 않나요? "유대인은 이유 없이 비난받아서는 안 되는 사람들이다."라고 쓰여 있지 않았냐고 묻는 겁니다. 증인은 앞에서 자신이 진술한 대로 문장을 되풀이했다.

시 법무관: "유대인"의 철자가 어떻게 쓰여 있던가요?

증인: 유대인.

시 법무관: 혹시 "유태인"이라고 쓰여 있지 않았나요? 증인이 착각하지 않았나요?

증인: 유태인이라고 쓰여 있었던 것 같기도 합니다.

대니얼 할스 형사의 증언

증인은 앞치마가 발견된 굴스톤 가의 현장에 갔다. 그는 그곳에 남았고 헌트 형사는 벽면의 낙서를 촬영하라는 지시에 따라 윌리엄 씨를 찾아갔다. 그밖에 여러 지시들이 제대로 이행되었다. 런던경찰국의 일부 경관들은 벽의 낙서가 사람들의 눈에 띄면 자칫 반유대인 소요사태를 야기할 수 있다고 생각했다. 결국 그 낙서를 지운다는 결정이 내려졌다.

시 법무관: "유대인"이라는 단어만 빼고 나머지 문장은 남겨두자고 제안한 사람이 한 명도 없었나요?

증인: 제가 가장 중요한 부분만 지우는 게 어떠냐고 제안

했습니다. 런던 경찰국은 "유태인"을 지우자고 했고요. 다만 런던 경찰국의 입장에서는 폭동에 대한 우려 때문에 벽의 낙서를 지우려고 했던 겁니다.

일곱 번째 사건

희생자: 메리 제인 켈리
사건발생일: 1888년 11월 9일
사건발생장소: 도싯 가(밀러스 코트)
출처: 《더 타임스》 1888년 11월 10일자

어제 이른 새벽에 스피탈필즈에서 극히 혐오스럽고 극악무도한 범죄가 또 다시 벌어졌다. 일대에서 벌어진 일곱 번째 살인 사건으로, 시신 훼손으로 미루어 이미 세간에 알려진 기존의 살인 사건들을 저지른 동일범의 소행이라는데 의심의 여지가 없다.

이번 살인 사건은 메리 앤 니콜스라는 매춘부가 무참히 살해당했던 핸버리 가에서 200미터 가량 떨어진 도싯 가 26번지에서 일어났다. 희생자의 이름은 메리 제인 켈리, 그녀는 도싯 가 26번지에 살고 있었으나, 자신의 방까지 가려면 여섯 채 가량의 공동주택 건물인 밀러스 코트의 비좁은 입구를 지나야했다.

그녀의 방은 공동주택의 다른 방들과는 완전히 동떨어진

위치에 있는 13호였다. 인근의 빈민촌과 마찬가지로 이 거리에 있는 공동주택 대부분이 간이 숙박소고, 살인사건이 벌어진 현장 맞은편 건물 한곳은 3백 명을 수용하는 숙박시설로 매일 밤마다 방들이 꽉 차곤 한다.

약 12개월 전, 금발과 깨끗한 피부를 지닌 미모의 24세 여성으로 알려진 켈리는 조지프 켈리라는 남성(검시 배심에서 밝혀진 바에 따르면 실제로는 조지프 바넷이라는 이름의 남성)과 함께 이 지역으로 왔다. 그녀는 집주인에게 같이 온 남자를 남편이라고 소개하고 스피탈필즈 시장에서 짐꾼으로 일한다고 말했다.

그들은 1층에(켈리가 피살된 장소) 세 들었고 일주일에 4실링의 집세를 냈다. 사망한 여성은 알코올의존증이 심각했던 것으로 보이지만 매카시 씨(집주인)는 그녀가 매춘 같은 부도덕한 방편으로 생활했는지는 몰랐다고 말했다. 그러나 그녀가 매춘을 했다는 점에는 의문의 여지가 없다.

2주전 쯤 그녀는 동거남 켈리와 서로 폭행을 주고받는 다툼을 벌였고, 그 후 켈리는 그 집(아니 좀 더 적절한 표현으로는 그 방)을 떠나 다시 돌아오지 않았다. 그때부터 이 여성은 혼자 생계를 꾸려야 했고, 경찰은 그녀가 매춘을 해왔음을 확인했다.

밀러스 코트 또는 도싯 가 26번지에 사는 사람들 중에서 목요일 저녁 8시 이후 이 매춘여성을 본 사람은 없다.

A LOST WOMAN
MARY KELLY
IN MILLER'S COURT

《페니 일러스트레이티드 페이퍼》 1888년 11월 24일자에 실린 메리 제인 켈리의 스케치

다만 그녀는 술집이 문을 닫기 직전에 커머셜 가에서 만취 상태로 목격되었다. 어제 새벽 1시경, 피살된 여성의 방 맞은편 건물에 살던 사람은 그녀가 부르던 "스위트 바이올렛"이라는 노래 소리를 들었다. 그러나 그는 그녀가 당시에 다른 사람과 함께 있었는지에 대해서는 모르겠다고 말했다. 그리고 그녀의 시신이 발견될 때까지 아무런 소리도 들리지 않았고 아무 것도 보이지 않았다.

어제 오전 10시 45분, 메리 제인 켈리가 집세 35실링을 밀려있자 집주인 매카시는 자신의 가게 점원인 존 보이어에게 "13호에 가서 집세를 받아오라"고 시켰다. 보이어는 사장이 시키는 대로 그녀의 방을 찾아가 문을 두드렸으나 아무도 나오지 않았다. 문손잡이를 돌려보니 잠겨 있었다.

그 방의 왼쪽은 마당으로 나 있고, 커다란 창문 두 개가 있었다. 동거남 켈리와 그녀가 싸우다가 창문 유리창 하나를 깨뜨린 것을 알고 있던 보이어는 혹시나 하고 그쪽으로 돌아가 보았다. 그는 깨진 유리창 구멍으로 손을 집어넣고 모슬린 커튼을 걷었다. 방안을 살피던 그의 시야에 충격적인 장면이 드러났다.

그 여자가 실오라기 하나 걸치지 않은 알몸으로 침대에 누워 있었는데 온몸이 피투성이로 죽은 것처럼 보였다. 더 자세히 볼 것도 없이 그는 자신의 사장에게 달려가 켈리라는 여자가 살해당한 것 같다고 말했다. 매카시는 곧바로 현장으로 향했고 깨진 유리창을 통하여 뭔가 일이 생겼음을 확인했다. 그는 보이어를 커머셜 가 경찰서로 보내면서 이웃에게는 한동안 그 일을 알리지 말라고 일렀다.

화이트채플 도싯 가의 밀러스 코트(1888년). 메리 제인 켈리의 사망일에 그녀의 방 13호실 밖에서 촬영한 사진

토머스 보이어와 존 매카시가 켈리의 시신을 발견하는 장면, 《일러스트레이티드 폴리스 뉴스》 1888년 11월 17일자

당시 경찰서에서 근무 중이던 백 경감이 보이어와 함께 현장에 도착하여 살인 사건을 확인하고 곧 지원을 요청했다. 경찰공의인 필립스 박사와 아놀드 경정을 부르러 간 사람도 있었다. 그 동안 방문은 열리지 않았고 현장은 그대로 보존되었다. 현장에 도착한 아놀드 경정은 사람을 시켜 런던 경찰국장인 찰스 워런 경에게 전보로 상황을 보고토록 했다.

런던 경찰국장 찰스 워런

유대인에 관한 굴스턴 가 벽서를 살펴보는 찰스 워런, 《일러스트레이티드 폴리스 뉴스》 1888년 10월 20일자

아놀드 경정은 켈리가 죽었다고 판단하고 창문 한쪽을 다 뜯어내라고 지시했다. 곧이어 섬뜩하고 역겨운 장면이 나타

났다.

피해 여성은 전라의 상태로 침대에 누운 자세로 숨겨 있었다. 그녀의 목은 귀에서 귀까지 척추에 닿기 직전까지 잘려 있었다. 유방 양쪽도 모두 깨끗하게 도려내져서 침대 옆 탁자에 놓여 있었다. 복부와 위는 절개되어 열려 있었고 얼굴은 알아볼 수 없을 정도로 난도질당해 있었다. 신장과 심장은 적출되어 탁자의 유방 옆에 놓여 있었다. 간도 적출되어서 오른쪽 넓적다리 옆에 놓여 있었다. 하반신과 자궁도 잘려 있었는데, 특히 적출된 자궁은 사라지고 없는 것으로 보였다. 양쪽 넓적다리에도 자상이 있었다. 그처럼 섬뜩하고 역겨운 광경은 상상하기 어려울 정도였다.

여성의 옷은 마치 벗겨서 잘 개어놓은 것처럼 침대 위 그녀의 옆에 놓여 있었다. 침구도 개어 있었는데 아마도 살인자가 여성의 목을 자른 후에 그렇게 한 것 같았다. 다툼의 흔적은 없었고, 방안을 샅샅이 수색했지만 칼이나 여타 범행 도구는 발견되지 않았다.

지금까지의 살인 가설이 새로운 양상을 띨 만한 퍽 중대한 사실이 밝혀졌다. 살아있는 화물을 런던으로 싣고 오는 가축 수송선들은 목요일이나 금요일에 템스 강으로 들어온 뒤 일요일이나 월요일에 대륙으로 다시 출항하는 것으로 알려져 있다. 형사들 사이에서는 지금까지 벌어진 일련의 엽기적인 범죄들이 가축수송선에 고용된 가축상이나 도축업자라는 설이 이미 나돌고 있었다. 많은 가축수송선 중 한 곳에 고용된 자가 정기적으로 그 선박과 함께 나타났다가 사라진다는 것이다. 이전 희생자들의 검시 배심에서 검시관들은 해부학 지식을 가진 도축업자라면 사건 일부에서처럼 장기의 위치 확인과 적출이 가능했을 거라는 의견을 제시한 바 있었다.

살인현장에서 걸어서 2분가량 떨어진 비좁은 도로인 와이드게이트 가, 이곳의 모퉁이에서 군밤을 파는 젊은 포미에 부인은 어제 오후 한 기자에게 살인자의 정체를 알려줄만한 단서를 말해주었다. 그녀는 그날 오전 12시쯤에 신사처럼 차려입은 한 남자가 다가와서 이렇게 말했다고 한다.

"혹시 도싯 가에서 벌어진 살인 사건 얘기 들었나요?"

그녀가 그렇다고 대답하자, 그가 씩 웃으면서 말했다.

"나는 그 사건에 대해 당신보다 더 잘 알고 있어요."

그렇게 말한 그는 그녀의 얼굴을 빤히 쳐다보다가 샌디스 로를 따라 걸어갔다는 것이다. 그런데 꽤 멀리까지 걸어갔던 그가 마치 그녀가 자기를 보고 있는지 확인하려는 듯이 돌아보고는 사라져버렸다.

포미에 부인의 말에 따르면, 그 남자는 검은 콧수염을 길렀고 키는 167센티미터 정도에 검은 실크해트와 검은 코트, 얼룩무늬 바지를 입고 있었다. 그는 또 반들거리는 검은색 가방을 들고 있었는데, 가방의 크기는 높이 30센티미터 길이 45센티미터 정도였다. 포미에 부인의 계속된 얘기에 따르면, 그 남자는 목요일 밤에 그녀가 아는 세 명의 아가씨에게 수작을 걸었다. 그때 아가씨들이 그에게 가방에 무엇이 들었냐고 놀리듯 물었고, 그는 "숙녀분들은 좋아하지 않는 것"이라고 대답했다.

어제 저녁 늦게 한 남자가 도싯 가에서 살인 사건과 관련된 혐의로 체포되었다. 그는 성난 군중이 뒤쫓아 오는 가운데 커머셜 가 경찰서로 옮겨져 지금까지 그곳에 구금 중이다. 점잖은 옷차림에 중절모를 쓰고 검은 가방을 지닌 또다른 남자도 체포되어 리먼 가 경찰서로 압송되었다. 그의 가방에 수상한 물건은 하나도 들어 있지 않았고, 그는 곧 풀려났다.

메리 제인 켈리의 검시 배심(11월 13일)

조지프 바넷(초기 언론 보도에서 조지프 켈리로 알려졌던)의 증언

사망자는 이따금씩 술을 마시기는 했으나 증인과 함께 살 때는 대체로 착실한 편이었다. 그녀는 몇 차례 증인에게 말하길 자기는 아일랜드의 리머릭에서 태어나 아주 어렸을 적에 영국 남서부의 웨일스로 이주했다고 했다. 그녀는 웨일스에서 열여섯 살 때 데이비스라는 탄갱부와 결혼하여 그로부터 일이년 쯤 후에 그가 폭발 사고로 숨질 때까지 함께 살았다.

남편이 죽은 후 그녀는 한 사촌과 함께 웨일스 남부의 항구인 카디프로 이사했고 지금으로부터 4년 전에 런던으로 왔다. 그녀는 잠시 동안 웨스트엔드에서 제대로 먹지도 못하는 상태로 살다가 한 남자와 프랑스로 갔다. 그러나 프랑스가 마음에 들지 않아서 얼마 후 다시 런던으로 돌아왔고, 그때부터 가스공장 인근의 랫클리프 하이웨이에서 모건스톤이라는 남자와 동거했다.

그 후로는 조지프 플레밍이라는 석공과 베스널 그린에 있는 모처에서 살았다. 사망자는 증인과 함께 사는 동안 자신의 이력에 대해 전부 말해주었다. 어느 금요일 밤에 스피탈필즈에서 우연히 그녀와 만났던 증인은 다음날 다시 만나기로 약속했고, 그때 만나 함께 살기로 한 뒤 그 약속을 지켜왔다.

메리 앤 콕스의 증언

증인은 목요일 밤 11시 45분경에 사망자가 살아있는 마지막 모습을 본 사람이다. 당시에 사망자는 만취한 상태였고, 추레한 옷차림에 둥근 중절모를 쓴 작고 다부진 남자와 함께 있었다. 그 남자는 맥주 한 캔을 손에 들고 있었다. 얼굴에 부스럼이 많았고 붉은색 콧수염이 텁수룩했다.

그들에 이어서 밀러스 코트에 들어섰던 증인은 고인에게 잘 자라는 밤 인사를 건넸다. 그러자 고인은 "안녕히 주무세요. 나는 노래를 부를 거예요."라고 대답했다. 문이 닫히고 증인은 고인의 노랫소리를 들었다. "엄마 무덤에서 꺾어온 제비꽃 하나……." 증인은 자신의 방에 갔다가 15분쯤 후에 다시 외출했다. 그때까지도 고인은 노래를 부르고 있었다. 비가 내리고 있었다.

증인이 집에 돌아온 시간은 오전 3시 10분, 그때 고인의 방에는 불이 꺼져 있었고 아무 소리도 들리지 않았다. 잠을 이루지 못하던 증인은 오전 6시 15분쯤에 한 남자가 뜰에서 나가는 소리를 들었다. 확신할 수는 없지만 증인은 그 남자가 경찰이었던 것 같다고 진술했다.

엘리자베스 프레이터의 증언

남편과 따로 살고 있는 기혼녀 프레이터 부인은 밀러스 코트 20호 다시 말해 사망자의 바로 윗집에 거주한다고 진술했다. 만약 사망자가 자신의 방에서 많이 움직였다면 증인은 그 소리를 들었을 것이다. 증인은 목요일 새벽 1시 30분경에 옷을 입은 채로 침대에 누워 있다가 그대로 잠들었다. 그녀는 방에 있는 새끼고양이 때문에 잠을 깼다. 그때가 오전 3시 30분 아니면 4시경이었던 같다고 했다.

그녀는 곧 어느 여자가 낮은 목소리로 "아! 살인이야."라고 외치는 소리를 들었다. 그 소리는 마당 쪽 그러니까 증인의 방과 가까운 곳에서 들려온 것 같았다. 그러나 증인은 그 소리에 별 신경을 쓰지 않은 반면, 인근 사람들은 살인이라는 외침을 계속 들었다고 했다. 증인은 자신이 들은 외침은 한번뿐이었고 누군가 넘어지거나 쓰러지는 소리 같은 것도 듣지 못했다고 했다. 그녀는 다시 잠 들어서 오후 5시까지 깨지 않았다. 오후에 일어난 그녀는 파이브 벨스 술집에 가서 약간의 럼주를 마셨다.

런던경찰국 형사반장, 프레더릭 조지 애벌린의 증언

프레더릭 조지 애벌린 1888년

증인은 창문을 통하여 방안의 상황을 살펴봤다. 그리고 문을 강제로 연 후에 방안을 조사했다. 난로의 쇠살대 상태로 봐서 상당히 센 불이 계속 지펴져 있었던 것 같았다. 재를 조사한 결과 피해여성의 옷 일부를 불태운 것이 분명했다. 증인은 옷을 불태운 이유가 범인이 범행의 용이함을 위하여 불빛이 필요했기 때문이라는 의견을 진술했다. 쇠살대 안쪽에 타다 남은 여성의 치마 하나와 모자의 테가 남아 있었다.

이후의 상황 전개

《런던 타임스》 1888년 11월 12일자

어제 화이트채플 인근 거리마다 무리를 지어있던 사람들의 모습에서 나타나듯 대중의 흥분은 딱히 누그러지지 않았다. 주벌리 가에서 또 다른 여성 한명이 살해된 채 발견됐다는 소식이 있었으나 이는 사실이 아닌 것으로 밝혀졌다.

지난밤 10시 직전, 공공연히 자신을 "잭 더 리퍼"라고 자처하던 한 남자(얼굴이 검게 그을린)가 체포됨으로써 엄청난 흥분이 일었다. 가장 최근에 벌어진 살인사건의 현장에서 가까운 커머셜 가와 웬트워스 가의 모퉁이에서 있었던 일이다. 두 청년(그 중에 한 명은 제대 군인)이 현장에서 그 남자를 붙잡았고, 일요일 밤이면 으레 인근에 모여 있곤 하는 많은 사람들이 "놈을 때려죽여라"고 소리쳐댔다. 여기저기서 지팡이가 치켜 올라갔고 그 남자는 심각한 폭행을 당했다. 때마침 경찰이 도착하지 않았더라면 그는 아마 중상을 입었을 터다.

경찰은 그를 리먼 경찰서로 압송했는데, 그곳에서 그는 꽤 저명한 인물로 밝혀졌다. 그는 이름을 말하기를 거부하면서도 자신이 세인트 조지 병원에서 근무하는 의사라고 주장했다. 35세가량의 나이에 키는 대략 170센티미터였고, 어두운 피부에 검은 콧수염을 길렀으며 안경을 쓰고 있었다. 외투 안에는 조끼 대신에 평범한 스웨터를 입고 있었다. 그의 호주머니에서 챙이 달린 체크무늬 모자가 나왔는데, 검거된 당시에는 모자를 쓰고 있지 않았다. 그를 성난 군중으로부터 보호하면서 경찰서로 데려가기까지 네 명의 경관뿐 아니라 네 명의 일반인이 도왔다. 그의 신상착의가 수배 중인 남자와 흡사하기 때문에 경찰은 그의 체포에 중요한 의미를 두는 것 같다.

《런던 타임스》 1888년 11월 13일 화요일
화이트채플 살인

어제 하루 동안 대여섯 명이 경찰에 체포되었으나 간단한 조사 후에 모두 무혐의로 풀려났다. 도싯 가는 여전히 열띤 흥분의 도가니였다. 어제 하루 종일 그저 호기심에 이끌려 이곳으로 몰려든 사람들이 거리를 이리저리 오갔고 밀러스 코트 입구 앞에도 사람들이 장사진을 쳤다. 그러나 입구를 지키고 있는 두 명의 경관이 사람들의 진입을 막았다.

찰스 워런 경 사임

의회 보고서를 통하여 곧 알려지겠지만 찰스 워런 경이 지난 화요일에 사직서를 제출했다. 한 언론은 찰스 워런 경과 내무부 사이에 그동안 긴장과 갈등관계가 형성되어 왔다고 보도했다.

《런던 타임스》 1888년 11월 14일 수요일

살해된 여성 켈리의 장례식은 웨일스를 출발해 오늘 저녁 런던에 도착할 예정인 고인의 친척과 지인들이 오기 전까지 진행되지 않을 것이다.

어제 저녁, 조지 허친슨이라는 노동자가 다음과 같이 진술했다. "금요일 오전 2시경, 내가 스롤 가를 지나고 있을 때였어요. 그 거리 모퉁이에 서 있는 한 남자를 지나서 플라워 가와 딘 가 쪽으로 가는데 잘 알고 지내는 켈리라는 여자와 마주쳤어요.

켈리가 그러더군요. '허친슨 씨, 나한테 6펜스만 빌려 줄 수 있어?' 내가 돈이 없다고 그랬더니, 그녀는 스롤 가 쪽으로 걸어가면서 돈을 구하러 가야한다고 말했어요. 스롤 가 모퉁이에 서 있던 남자가 그때 그녀에게 다가와 어깨에 손을 얹고서 뭐라고 들리지 않는 소리로 말을 거나 싶더니 두 사람이 갑자기 웃음을 터뜨리더군요. 남자는 또 다시 그녀의 어깨에 손을 올려놓았어요. 그러고는 두 사람이 내가 있는 쪽으로 천천히 걸어오더군요.

나는 술집 근처인 패션 가 모퉁이 쪽으로 걸어갔어요. 두 사람이 나를 지나갈 때 남자는 여전히 그녀의 어깨에 손을 올려놓고 있었어요. 남자는 중절모를 눈 바로 위까지 눌러 쓰고 있었어요. 내가 그 사람 얼굴을 보려고 고개를 빼 밀었더니 그는 돌아서서 나를 시망스레 쏘아보더군요. 그 다음 두 사람은 길을 건너 도싯 가로 걸어갔어요.

그들은 밀러스 코트 한쪽 구석에 3분가량 서 있었어요. 그때 켈리가 남자에게 큰 소리로 이렇게 말하더군요. '손수건을 잊어 버렸어.' 그러자 남자가 호주머니에서 빨간색 손수건을 꺼내 켈리한테 주었어요. 그러고는 둘이 함께 밀러스 코트 건물로 향하더군요. 나는 그들의 모습이 보일까 해서 건물 쪽을 바라보았지만 보이지 않았어요. 나는 45분가량 그곳에 서서 그들이 내려오기를 기다리다가 허탕을 치고 그냥 갔어요. 그 남자가 수상쩍다고 생각했던 건 그가 너무 잘 차려입어서지 살인범 같아서가 아니었어요.

그 남자의 키는 167센티미터 정도였고, 나이는 서른넷 아니면 서른다섯 정도로 보였어요. 피부와 콧수염이 거뭇했는데, 콧수염은 양쪽 끝이 올라간 모양이었어요. 옷깃이 흰색이고 아스트라한 모피 장식을 한 검은색 롱코트를 입고 있었어요. 검은색 넥타이를 유(U)자형 핀으로 고정했고요. 외국인처럼 보였어요. 내가 건물 마당까지 가서 이삼 분 정도 지켜봤지만 불빛도 보이지 않았고 소리도 나지 않았어요.

나는 간밤에 새벽 3시까지 그자를 찾으러 다녔어요. 어디서든 그자를 알아볼 수 있어요. 내가 본 그 남자는 줄로 감아서 묶은, 길이 20센티미터 가량의 작은 꾸러미를 가지고 있었어요. 그는 그 꾸러미를 왼손에 꽉 움켜쥐고 있었어요. 꾸러미는 인조에나멜가죽으로 싸여 있었던 것 같아요. 그리고 켈리의 어깨에 올려놓은 오른 손에는 갈색의 염소가죽 장갑 한 켤레를 쥐고 있었고요.

그는 아주 조용히 걸었어요. 인근에 사는 사람 같아서 어느 일요일 아침엔가 페티코트 골목에서 봤다는 생각이 드네요. 하지만 확신하지는 못하겠어요. 오늘 쇼디치 시체안치소에 다녀왔는데 그곳의 시신이 내가 금요일 새벽 2시에 봤던 켈리가 맞더라고요. 내가 봤을 때 켈리는 취한 것 같지는 않았고 살짝 술기운이 도는 정도였어요. 밀러스 코트를 떠난 뒤에는 밤새 쏘다녔어요. 평소에 잠을 자던 숙소가 문을 닫은 시간이었거든요. 화이트채플 교회를 지나갔을 때가 오전 1시 50분에서 55분 사이였어요. 밀러스 코트를 떠났을 때는 3시 시보가 들려왔고요."

《런던 타임스》 1888년 11월 15일 목요일

어제 몇 명이 도싯 가 살인혐의로 경찰서에 구금되었으나 얼마 후 모두 풀려났다. 같은 날 오후에는 한 경관이 커머셜 가를 따라 불편한 걸음으로 걷고 있었다. 그는 높이가 낮고 챙이 넓은 모자를 쓰는 등 다소 독특한 평상복 차림으로 길을 걷고 있었는데, 갑자기 사람들이 그가 "잭 더 리퍼"라고 소리쳤다.

눈 깜짝할 사이에 수많은 사람들이 경관을 에워쌌고, 경관은 군중을 피하려고 걸음을 재촉했다. 그러나 그가 걷는 속도를 높일수록 군중도 점점 더 빠르게 그를 따라왔고 결국 겹겹이 그를 포위해버렸다. 마침 H 지구의 경찰 일부가 현장에 도착하여 그의 신원을 확인하지 않았더라면 그 경관은 군중으로부터 심각한 위해를 당했을 터다.

검거 사례 중에서 일반적인 흥분을 뛰어넘어 엄청난 반향을 몰고 온 경우도 있었다. 화이트채플 도로에서 한 남자가 한 여자의 얼굴을 뚫어지게 쳐다보았고, 그 여자는 곧 그가

"잭 더 리퍼"라며 비명을 질렀다. 그 남자는 금세 흥분하여 험악해진 군중에 둘러싸였고, 경찰이 그를 그 속에서 구해 내기가 여간 어렵지가 않았다.

그는 곧 삼엄한 호위를 받으며 커머셜 가 경찰서로 이송 되었고, 그 과정에서도 엄청난 인파가 그 뒤를 따르며 유례 없이 고함을 치고 악을 썼다. 경찰서에 도착한 후 그 남자 는 영어를 한 마디도 못하는 독일인으로 밝혀졌다. 그는 통 역을 통해서 지난 화요일에 런던에 도착했고 오늘 미국으로 떠난다고 말했다. 그 말이 사실로 확인된 후 그는 석방되었 다.

《뉴욕타임스》 1888년 11월 22일 목요일
다시 격랑에 빠진 화이트채플

21일 아침 화이트채플에서 또 한 명의 여성이 살해되어 시신이 훼손됐다는 소식이 전해지면서 격한 소용돌이가 일 었다. 경찰은 사건 현장을 중심으로 즉시 비상령을 내렸고 수많은 군중이 몰려들었다.

실상은 한 매춘부가 자신의 숙소까지 동행한 한 남자에 의해 살해당할 뻔 했다가 가까스로 살아난 사건이다. 여성 의 진술에 따르면, 그 남성은 그녀를 붙잡고 칼로 목을 공 격했다고 한다. 여성은 필사적으로 저항한 끝에 그의 손아

귀에서 풀려나 살려달라고 소리쳤다. 그녀의 외침에 놀란 남자는 추가 공격을 포기하고 도주했다. 인근에 있던 사람 몇 명이 그녀의 비명을 듣고 살인자를 300미터 가량 추격했으나 결국 놓치고 말했다. 여성은 정확히 알고 있다는 범인의 인상착의를 경찰에 설명했다. 경찰은 조만간 그를 검거할 것으로 기대하고 있다.

속보 경찰 조사 결과 숙소까지 동행한 남성에게 공격을 받았다는 화이트채플 여성이 심각한 음주벽을 지닌 것으로 밝혀졌다. 그녀는 목에 가벼운 찰과상만 입었고, 경찰은 공격을 받았다는 그녀의 진술에 신빙성이 없다고 판단하고 있다. 즉 그녀가 취중에 혼자 다쳤다는 것이 경찰의 판단이다.

"자경단과 함께"라는 제하로 수상한 인물을 그린 《일러스트레이티드 런던 뉴스》 1888
년 10월 13일자

13호실 열쇠,
"프랑스인"-아미르 벤 알리

The Key to Room 31
"Frenchy" Ameer Ben Ali

에드윈 보차드
Edwin Bochard

맨해튼 부둣가, 캐서린 슬립과 워터 스트리트의 남동쪽 모퉁이에 지저분한 술집이자 상스러운 휴양지인 이스트리버 호텔이 성업 중이었다.

1891년 4월 24일 금요일 아침 9시, 야간 근무자였던 에디 해링턴은 객실을 돌면서 아직 남아있는 사람들을 모두 내보냈다. 대부분의 객실은 비어 있었다. 그런데 31호실은 여태 출입문이 잠겨 있었다.

그는 가볍게 문을 두드렸으나, 아무런 대꾸가 없자 좀 더 크게 노크를 했다. 역시나 안에서는 인기척이 없었다. 에디는 마스터키로 객실문을 열었다. 문안을 살피던 그는 "늙은 셰익스피어" 즉 인근에 사는 단골고객이자 방탕한 60세 매춘부의 난자당한 시신을 발견하고 그 참혹함에 그만 얼어붙고 말았다. 피해 여성은 전직 여배우로 술에 취하면 셰익스피어의 희곡을 자주 인용한다고 해서 "늙은 셰익스피어"라는 별명을 얻었다. 그녀의 이름은 캐리 브라운이었다.

크게 동요한 에디는 그 소식을 알리고 경찰을 부르기 위하여 다급히 1층으로 내려갔다. 경찰은 곧 신문기자들과 함께 호텔에 도착했다. 검시관이 시체를 살폈다.

검시 결과, 여성은 질식사당한 후 예리하게 날을 간 식칼에 처참하게 난자당했다. 흉기는 침대 옆 바닥에 놓여 있었다. 그리고 피해자의 허벅지에서 십자모양의 자상이 발견되었다.

이 살인사건은 지금까지 범죄 미스터리를 해결해온 자신의 기록에 자부심이 남달랐던—실제로도 그럴만했던—토머스 번스 경감에게 도전적인 과제였다. 희생자의 허벅지에 난 십자 자상은 이 사건에 특별한 중요성을 부여했다. 그것도 "잭 더 리퍼" 즉 1887년 12월부터 ^(잭 더 리퍼의 범행 시기와 희생자에 대해 의견이 분분한 가운데, "페어리 페이Fairy Fay"라는 별칭으로만 알려진 신원미상의 여성 피살자가 1887년 12월 26일 커머셜 로드에서 발견됐고, 이 사건 또한 잭 더 리퍼의 범행이라는 주장이 있다. 여성은 복부에 말뚝이 박힌 채로 사망했다. 그런데 이 사건의 실제 수사 기록이 남아있지 않다고 한다—옮긴이) 1891년 1월까지 런던 거리에서 9명의 여성을 잔인하게 살해함으로써 런던 경찰국을 궁지로 몰아넣은 런던의 악명 높은 살인자가 남긴 표식이었다. 뉴욕경찰국은 "리퍼" 사건을 해결하지 못한 런던 경찰을 비난했고 리퍼가 뉴욕에 나타나 범죄를 저지른다면 36시간 안에 감방에 처넣겠다고 공공연히 호언장담해왔다.

사건 발생 다음날인 1891년 4월 25일, 뉴욕 신문들의 머리기사는 "잭 더 리퍼"의 귀환으로 도배되었다. 번스 경감과 부하 경관들은 사건 해결에 집중했다. 수사결과 "늙은 셰익스피어"는 한 남성과 함께 11시경 호텔에 도착했다. 그 남성은 피해자의 나이 절반 즉 30세가량이었고, 호텔 직원이 숙박부에 기재한 남성의 이름은 "C. 닉"이었다. 그들은 31호실을 배정받은 후 맥주 한통을 가지고 자신들의 객실로 향했다. 호텔을 돌아다니던 대여섯 명이 그 남성을 목격했고, 그 인상착의를 설명할 수 있었다. 평균 키에 다부진 체격이었고, 금발의 선원이었다. 이 남성의 행방은 묘연했다. 경찰은 부둣가를 이 잡듯이 뒤졌으나 그를 찾아내지 못했다.

"늙은 셰익스피어"의 지인 일부를 찾아냈고, 그중에서 메리 앤 로페즈는 인근에 "프랑스인"으로 알려진 단골손님을 알고 있었다. 머리색이 누가 봐도 갈색인 프랑스인 남성이긴 했으나 그의 전체적인 외모는 31호실에 투숙했다는 남자의 인상착의와 크게 다르진 않았다. 유력 용의자로 그 프랑스인이 체포되어 조사를 받았다. 그는 영어를 할 줄 모른다고 말했다. 많은 언어로 대화를 시도한 끝에 그가 알제리

계 아랍어를 사용하는 것으로 보였다. 그는 알제리계 프랑스인이었고, 이름은 아미르 벤 알리였다.

4월 25일에 그 프랑스인은 용의자 중 한명이었다. 4월 26일에 신문들은 그가 살인자의 친척일지 모른다는 한 경찰관의 말을 인용했다. 4월 29일 수요일, 사건은 여전히 해결되지 않은 가운데 경찰은 분명히 당혹해하고 있었다. 저지시티의 킬컬리 형사가 뉴욕경찰에 첩보한 내용에 따르면, 뉴저지 센트럴 철도에서 근무하는 한 차장이 이스턴행 자신의 열차에 그 살인범이 탔다고 강하게 확신하고 있었다. 그동안 프랑스인은 경찰서의 유치장에 구금되어 있었다.

4월 30일 번스 경감은 몇몇 기자들에게 그 프랑스인에 대한 유죄 입증이 끝났고 경찰은 그를 살인범으로 확신한다고 말했다. 그 프랑스인이 사건 당일 밤에 "늙은 셰익스피어"와 함께 투숙한 남자가 아니라는 점은 인정되었다. 그러나 그는 그날 밤 31호 객실 맞은편인 33호실에 투숙했고, 피해자와 투숙한 남성이 호텔을 나가자 몰래 31호실로 잠입하여 피해자를 상대로 강도와 살인을 저지른 후 다시 자신의 방으로 돌아갔다는 것이다.

경위의 간단한 설명에 따르면, 프랑스인을 범인으로 보는 증거는 31호실(살인 현장) 바닥에 떨어진 피, 31호실과 33호실(프랑스인의 객실) 사이 복도에 떨어진 피 그리고 마치 피 묻은 손가락으로 문을 열고 닫은 것처럼 33호실 출입문 안팎에 묻어있는 혈흔, 33호실 바닥과 의자와 담요 그리고 베갯잇(침대에 시트는 깔려 있지 않았다)에서 발견된 혈흔이었다. 혈흔은 프랑스인의 양말과 손톱 끝에서도 발견되었다고 한다. 그에게 피가 묻은 경위를 조사한 결과 그의 설명은 거짓으로 밝혀졌다. 캐리 브라운의 동료들 중에서 그 프랑스인이 "늙은 셰익스피어" 즉 캐리 브라운에게 끈질기게 구애를 펼쳤고 바로 전주에는 그녀와 함께 31호실에 투숙했다는 일부 진술이 나왔다.

같은 날(4월 30일), 이 무렵에는 사건과 관련된 "프랑스인들" 중에서 구분하기 위하여 "1번 프랑스인"으로 불렸던 용의자가 마틴 판사 주재의 재판에 회부되었고, 그 결과 살인 사건 피의자 신분으로 구속되었다. 피의자가 변호사를 고용할 수 없었기에 마틴 판사는 레비, 하우스, 프렌드를 그의 국선변호사로 지정했다. 5월 1일 프랑스인은 톰스 교도소로 이감되었다.

그즈음 피의자가 3월과 4월에 부랑죄 혐의로 퀸스 카운티 교도소에서 복역했으며, 당시 감방 동료였던 데이비드 갤러웨이와 에드워드 스미스의 진술에 따르면 그 프랑스인이 살인 사건에 사용된 흉기와 비슷한 칼을 소지하고 있었다는 사실이 알려졌다.

1891년 6월 24일 수요일, 프랑스인의 재판이 리코더 스미스 판사의 주재로 열렸다. 피의자의 고국 알제리 출신의 통역사를 뉴욕에서 찾아내 재판에 참석시켰다. 검사측은 검사보 웰먼과 심스 그리고 번스 경위와 4명의 경관으로 구성되었다.

4월 30일에 번스 경위가 신문기자들에게 언급한 증거 외에 검사측은 뉴욕 하층민 출신의 많은 증인들을 소환했다. 프랑스인이 지저분한 삶을 살았고 특히 이스트 리버 호텔에 자주 머물면서 밤마다 이 객실 저 객실을 배회했다는 것을 증명하기 위함이었다. 그런데 변호인 측의 반대신문을 통하여 이 증인들의 신뢰성은 철저히 공격당했다.

재판의 절정은 7월 1일 수요일, 뉴욕주 지방검사 니콜이 직접 재판에 참여하고 전문 증인으로 필라델피아의 포먼드 박사가 소환되었을 때였다. 포먼드 박사는 31호실 침대, 복도, 33호실 문, 33호실 내부 그리고 프랑스인의 양말에서 검출된 혈흔 샘플을 검사한 결과, 모두 소화 상태가 동일한 위의 음식물이 발견되었는데 모두 동일인의 것이라고 증언했다. 이 증언은 그 모든 혈흔들이 사망자의 복부 자상에서 흐른 피라는 추론으로 연결되었다. 박사는 자신의 증언이 정확하다는 것에 목숨까지 걸겠다고 말했다. 오스틴 플린트 박사와 사이러스 에드슨 박사가 포먼드 박사의 증언을 뒷받침함으로써 프랑스인의 유죄는 확실시 되었다.

7월 2일 변호인 측이 반격에 나섰다. 그들은 뉴타운의 제임스 R. 하이랜드 경관을 증인으로 불렀다. 프랑스인이 퀸스 카운티에서 체포되었을 당시 칼을 소지하고 있지 않았다는 것을 증명하기 위함이었다. 변호인단은 피고인도 증인석에 세웠다. 피고인은 삶의 이력과 프랑스군에서 8년간 복무한 경력 그리고 미국으로 이주해온 상황에 대해 질문을 받았다. 그리고 마지막 질문은 이랬다.

"당신은 캐리 브라운을 죽였습니까?"

그 말이 통역되자마자 프랑스인은 벌떡 일어서더니 두 손으로 머리를 감싸 쥐고는 하늘을 향해 아랍어로 소리를 질러댔다. 히스테리 발작을 일으키는 것 같았다. 누구도 그를 진정시키지 못했다. 마침내 기진맥진한 그는 자리에 털썩 주저 않았고, 통역사는 프랑스인의 항변을 간추려서 이렇게 통역했다.

"저는 결백합니다. 저는 결백합니다. 알라 외에 다른 신은 없다. 저는 결백합니다. 알라 아크바르(알라는 위대하다) 저는 결백합니다. 오, 알라신이여, 제발 저를 도와주소서. 알라신이여, 저를 구해주소서. 제발."

프랑스인의 증언은 형편없었다. 영어를 알아듣는 것처럼 보이다가도 자신의 모국어로 통역된 말마저 이해하지 못하는 것처럼 굴기 일쑤였다. 그는 "늙은 셰익스피어" 살해 혐의에 대해 일관되게 부인했으나 검찰 측의 반대심문에서는 진술이 계속 오락가락했다.

변호인 측은 혈흔 속에서 검출된 것이 모조리 피해자의

위에서 나온 내용물이 아니라 다른 장기에서 나온 것일 수도 있다는 점을 증명하기 위하여 여러 명의 의료인을 증인으로 불렀다. 그러나 그 전문가들은 포먼드 박사가 최고의 권위자이고 그를 깊이 존경한다고 말했다.

검찰 측은 약간 흥미로운 증거를 추가했다. 요컨대 사건 당일 프랑스인의 33호실에서 수지양초가 1시간 이상 타고 있었고, 그것은 그가 명확한 목적을 위하여 계속 깨어있었음을 암시한다는 주장이었다. 그가 사건 다음날 새벽 5시에 호텔을 나갔다는 증언이 나왔다. 그것도 죄를 지은 것처럼 '슬그머니' 문을 빠져나갔다고 했다.

배심원단은 신속하게 2급살인 유죄 평결을 내렸다. 경위와 검사들은 퍽 실망했다. 배심원 사이에 절충이 이루어진 것이 분명해 보였다. 1891년 7월 10일, 아미르 벤 알리는 무기징역형을 받고 싱싱 교도소에 수감되었다.

언론과 대중은 이 사건에 큰 관심을 가졌다. 신문들은 증인 한명 한명의 증언을 빠짐없이 기사화했고, 수많은 사람들이 큰 흥분 속에서 이 사건의 추이를 지켜보았다. 판결에 이의를 제기하는 사람은 거의 없었다.

신문기자 중에서 이 사건을 초기부터 취재해온 제이컵 A. 리스와 찰스 에드워드 러셀은 그 판결이 사건의 진정한 해결이라는데 전혀 동의하지 않았고, 경찰이 "늙은 셰익스피어"와 31호실에 투숙한 남성을 찾아내지 않는 한 사건은 절대 해결되지 않는다고 생각했다.

싱싱 교도소 (1855년)

그러나 여론은 프랑스인이 무기형을 받고 싱싱 교도소에 수감되었다가 얼마 후 정신이상 범죄자를 수용하는 매티완 병원으로 이감되었을 때 안도했다.

집요한 소문들이 다시 뉴욕의 선원들 사이에서 떠돌기 시작했다. 그 살인자가 조용히 배를 타고 극동으로 갔다는 소문이었다. 이런 소문들의 사실 여부는 결코 입증되지 않았다.

그런데 세기말에 이르러 무일푼의 프랑스인에게 조금은 밝은 날이 찾아왔다. 새로운 증거를 바탕으로 그를 대신하여 오델 주지사에게 사면 신청이 이루어진 것이다. 피살된 여성과 함께 투숙했던 용의자의 인상착의와 일치하는 한 남성이 살인사건 직전 수 주 동안 뉴저지 크랜퍼드에서 일을 했는데, 사건 당일 밤에 모습을 보이지 않다가 그로부터 며칠 후에 완전히 종적을 감추었다는 사실이 새로 밝혀졌다.

그가 일을 하는 동안 묵었던 방에서 숫자 "31" 꼬리표가 붙은 황동 열쇠(이 열쇠는 이스트 리버 호텔의 객실 열쇠와 정확히 일치했다.)와 피 묻은 셔츠 한 장이 발견되었다. 이전에 제시되었던 증거에 덧붙여 이 새로운 정황과 증거들을 바탕으로 그 살인자가 객실을 떠날 때 열쇠로 문을 잠갔음이 확실시되었다.

반면 그 열쇠와 프랑스인을 연결 지을만한 어떠한 증거도 없었다. 프랑스인에게 불리한 주요 증거들은 재판 과정에서도 증언되었듯이 두 객실 사이의 혈흔 즉 아주 작고 희미한 혈흔들이었다. 오델 주지사의 말에 따르면 "신뢰할 수 있으며 그 중에는 범죄 수사 경험 있는 사람들을 포함하는" 공평무사한 사람들이 주지사에게 제출한 진술서가 많다고 했다.

진술서의 취지는 살인 사건이 벌어진 다음날 오전 그러니까 검시관이 도착하기 전까지 그 객실에 가봤다는 사람들이 꼼꼼히 톺아본 결과 두 개의 객실문이나 복도 어디에서도 혈흔을 발견하지 못했다는 것이다. 그러므로 사건 발생 이

틀째 경찰이 발견했다는 혈흔은 검시관과 많은 신문기자들이 도착하여 시신을 검사하고 옮겼을 때 생겼을 거라는 추측이 일었다. 더구나 경찰의 진술에서도 살인자가 잠금장치를 풀고 열고 닫은 다음 다시 잠갔을 31호 객실의 손잡이나 잠금장치 근처 어디에도 혈흔은 없었다. 주지사는 이 새로운 증거가 프랑스인의 유죄 판결을 뒤집을 거라고 생각했다.

주지사의 사면 요청은 오롯이 그 프랑스인이 결백하다는 것에 토대를 두고 있었다. 주지사는 이런 사실들을 검토한 후에 다음과 같은 결론을 내렸다.

"이런 상황에서 구제 요청을 거절하는 것은 정의를 부정하는 것이다. 모든 사안을 면밀하고 신중하게 검토한 결과 나는 이 죄수를 석방하는 것이 내 의무라는 명확한 결론에 도달했다."

그 프랑스인의 형량은 1902년 4월 16일에 감형되었다. 프랑스 정부는 알제리 고향 마을로 그를 이송할 계획을 세운 것으로 알려졌다.

프랑스인의 유죄판결은 런던 경찰이 좌절한 살인사건을 뉴욕에서는 미제사건으로 남겨두지 않겠다는 뉴욕 경찰의 고집스러운 허세에서 비롯된 것으로 보인다. 뉴욕 경찰은 프랑스인의 모습에서 무력한 속죄양을 보았고, 일부 근거에 기댄 채 명확하고도 유효한 사실들은 간과함으로써 프랑스인을 범인으로 몰아간 셈이다. 경찰이 피해 여성과 함께 투숙한 남성과 31호실 열쇠를 찾아내기 위하여 최선을 다하지 않은 이유에 대해 선뜻 이해가 가지 않는다.

잭 더 리퍼를 검거하지 못하는 런던 경찰의 무능을 풍자한 《펀치》지의 지면

잭 더 리퍼를 화이트채플을 떠도는 유령으로 묘사하고 "사회적 방관에 대한 응보"라고 꼬집은 《펀치》지의 또 다른 지면

31호실의 열쇠는 곧 미스터리를 푸는 열쇠이기도 하다. 복도와 33호실 문에서 발견되었다는 혈흔들의 경우, 호텔 직원 해링턴이 살인 사건을 발견했을 당시에는 거기에 없었다는 사실을 외면할 수 없게 됐다. 어떻게 혈흔들이 거기에 있었는지 우리로선 감히 말할 수가 없다.

부주의한 방문자들이 현장을 오가면서 혈흔을 그 주변에 묻혔다고 가정하고 싶다면 그러시라. 어떻게 프랑스인에게 피가 묻었는지도 명확하지가 않다. 이 부분은 매우 이상한데, 이와 관련된 증언도 모호하고 불확실하다. 일부 기자들은 애초에 프랑스인에겐 피가 묻어 있지 않았고, 설령 묻어 있었더라도 그것은 범죄와 아무 관련이 없다고 생각했다.

전문가들이 제시한 증거들 또한 신뢰성이 떨어지는 것으로 보인다. 프랑스인을 범인으로 여기게끔 잘 짜인 사건임에도 불구하고 배심원들이 심각한 의문을 제기한 것이 분명하다. 이와 같은 사건에 2급 살인이라는 평결은 이상하기 때문이다. 무죄와 유죄로 갈린 배심원들의 의견차를 절충한 것이 분명하다.

프랑스인이 무일푼이었기에 국선변호인은 31호실에 피해자와 함께 투숙한 남성을 찾아내는데 필요한 자금 확보에 애를 먹었다. 그래도 이 사건을 해결하려고 했던 극히 공평무사한 사람들은 검사측 주장의 허점을 밝혀냈고 알라 신이 그 프랑스인을 완전히 저버리지 않았음을 입증했다.

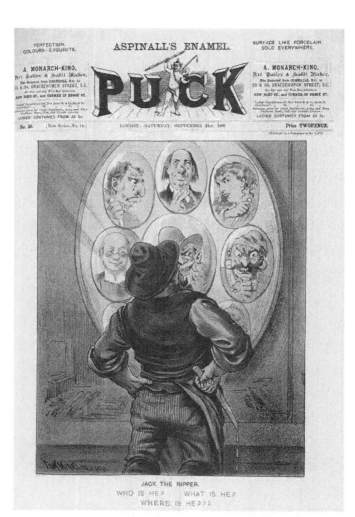

미국의 유머 잡지 《퍽 Puck》지에 실린 잭 더 리퍼 용의자들 묘사, 1889년 9월 21일자 (만화가 톰 메리 그림)

연쇄살인마 **잭 더 리퍼 연대기 1**

사건 파일 편 | 아라한 호러 서클 001

발 행 | 2021년 4월 11일
저 자 | 에드먼드 피어슨 외
역 자 | 정진영
펴낸이 | 정진영
펴낸곳 | 아라한

출판사등록 | 2010년 7월 29일 제396-2010-000096호
바톤핑크

주 소 | 경기도 고양시 일산동구 중산동
전 화 | 070-7136-7477
팩 스 | 0504-007-7477
이메일 | barton-fink@naver.com
　　　　arahanbook@naver.com

ISBN | 979-11-90974-46-2   03840